倪匡奇情作品集

木蘭花傳奇 8

透明人

（含：殺人獎金、死亡約定）

倪匡 著

目錄

殺人獎金

【總序】木蘭花VS.衛斯理——倪匡奇幻系列的兩大巔峰　秦懷玉……4

1 殺人獎金……10

2 暗箭難防……27

3 露出馬腳……41

4 單獨行動……58

5 名不虛傳……75

6 捉迷藏……95

7 空城計……117

8 插翅難飛……139

死亡約定

1 透明人……166
2 電光衣……182
3 疑問……198
4 奇恥大辱……214
5 不是對手……228
6 意外中的意外……245
7 逃走機會……261
8 警方的陰謀……276
9 毛遂自薦……289
10 死期……305

【總序】

木蘭花VS.衛斯理——倪匡奇幻系列的兩大巔峰

秦懷玉

對所有的倪匡小說迷來說，《衛斯理傳奇》無疑是他最成功、也最膾炙人口的作品了，然而，卻鮮有讀者知道，早在《衛斯理傳奇》之前，倪匡就已經創造了一個以女性為主角的系列奇情故事，甫出版即造成大轟動，《木蘭花傳奇》遂成為倪匡眾多著作中最具特色與最受讀者喜愛的兩大系列之一；只因衛斯理的魅力太過強大，使得《木蘭花傳奇》的光芒被掩蓋，長此以往被讀者忽視的情形下，漸漸成了遺珠。

有鑑於此，時值倪匡仙逝週年之際，本社特別重新揭刊此一系列，希望藉由新的編排與介紹，使喜愛倪匡的讀者也能好好認識她。

《木蘭花傳奇》是倪匡以筆名「魏力」所寫的動作小說系列。原載於香港新報及《武俠世界》雜誌，內容主要是以黑女俠木蘭花、堂妹穆秀珍及花花公子高翔三人所組成的「東方三俠」為主體，專門對抗惡人及神秘組織，他們先後打敗了號稱「世界上最危險的犯罪集團」的黑龍黨、超人集團、紅衫俱樂部、赤魔團、暗殺黨、黑手黨、血影掌，及暹羅鬥魚貝泰主持的犯罪組織等等，更曾和各國特務周旋、鬥法。

如果說衛斯理是世界上遇過最多奇事的人，那麼打擊犯罪集團次數最高的，即非東方三俠莫屬了。書中主角木蘭花是個兼具美貌與頭腦的現代奇女子，在柔道和空手道上有著極高的造詣，正義感十足，她的生活多采多姿，充滿了各類型的挑戰；她的最佳搭檔：堂妹穆秀珍，則是潛泳高手，亦好打抱不平，兩人一搭一唱，配合無間，一同冒險犯難；再加上英俊瀟灑，堪稱是神隊友的高翔，三人出生入死，破獲無數連各國警界都頭痛不已的大案。

若是以衛斯理打敗黑手黨及胡克黨就得到國際刑警的特殊證明文件的標準來看，木蘭花在國際刑警的地位，其實應該更高。

相較於《衛斯理傳奇》，《木蘭花傳奇》是入世的，在滾滾紅塵中演出令人目眩神搖的傳奇事蹟。衛斯理的日常儼然是跟外星人打交道，遊走於地球和外太空之間，事蹟總是跟外星人脫不了干係；木蘭花則是繞著全世界的黑幫罪犯跑，哪裡有犯罪者，哪裡就有她的身影！可說是地球上所有犯罪者的剋星！

而《木蘭花傳奇》中所啟用的各種道具，例如死光錶、隱形人等等，一如倪匡慣有的風格，皆是最先進的高科技產物，令讀者看得目不暇給，更不得不佩服倪匡驚人的想像力。

尤其，木蘭花等人的足跡遍及天下，包括南美利馬高原、喜馬拉雅山冰川、北極、海底古城、獵頭族居住的原始森林、神秘的達華拉宮及偏遠隱密的蠻荒地區等，讀者彷彿也隨著木蘭花去各處探險一般，緊張又刺激。

《衛斯理傳奇》與《木蘭花傳奇》兩系列由於歷年來深受讀者喜愛，書中主要角色逐漸由個人發展為「家族」型態，分枝關係的人物圖越顯豐富，好比《衛斯理傳奇》中的白素、溫寶裕、白老大、胡說等人，或是《木蘭花傳奇》中的「天使俠女」安妮和雲四風、雲五風等。倪匡曾經說過他塑造的十個最喜歡的小說人物，有三個在木蘭花系列中。白素和木蘭花更成為倪匡筆下最經典傳奇的兩位女主角。

在當年放眼皆是以男性為主流的奇情冒險故事中，倪匡的《木蘭花傳奇》可謂是開創了另一番令人耳目一新的寫作風貌，打破過去女性只能擔任花瓶角色的傳統窠臼，以及美女永遠是「波大無腦」的刻板印象，完美塑造了一個女版〇〇七的形象。猶如時下好萊塢電影「神力女超人」、「黑寡婦」等漫威女英雄般，女性不再是荏弱無助的男人附庸，反而更能以其細膩的觀察力及敏銳的第六感，來解決各種棘手的難題，也再一次印證了倪匡與眾不同的眼光與新潮先進的思想，實非常人所能及。

《女黑俠木蘭花傳奇》共有六十個精彩的冒險故事，也是倪匡作品中數量第二多的系列。每本內容皆是獨立的單元，但又前後互有呼應，為了讓讀者能更方便快速地欣賞，新策畫的《木蘭花傳奇》每本皆包含兩個故事，共三十本刊完。讀者必定能從書中感受到東方三俠的聰明機智與出神入化的神奇經歷，從而膾炙人口，成為讀者心目中華人世界無人能敵的女俠英雌。

殺人獎金

1 殺人獎金

華燈初上，這正是一天之中，城市街道上最熱鬧的時候，幾條主要的馬路上塞滿了形形色色的行人和車輛。

這是一個有著百萬人口以上的大城市，自然也有著各種各樣的居民。但是一個人是好是壞，在外表上，是一點也看不出來的。

一輛黑色的名貴房車，在一間戲院門口停了下來，一個中年紳士挽著一個珠光寶氣的婦人走出車廂後，穿著制服的司機將車子駛走。

這該是一對名流夫婦吧？

然而，當這對「夫婦」走進戲院的經理室後，那「貴婦」迅速地除下身上的皮草、珠寶和假髮，並在皮包中取出了男裝衣物換上。

他原來是一個男子。

他並且以十分純熟的動作，用一具無線電遙控器打開了一扇暗門，那暗門乃是一張放得極大的明星海報。

他踏進暗門，門後是一條光線十分柔和的通道。

他才一跨進去，便聽到一個聲音問道：「什麼人？」

那人停了一停，說：「L區的李特。」

「歡迎，歡迎，請進來，你是最遲的一個了。」

「我必須在十哩的路途上，不斷躲避著那些像獵狗一樣的警員！」李特悻然地說著：「任何人在這樣的情況下能夠安然到達，已經是奇蹟了！」

「別發牢騷了，李特先生，這裡每一個人來至此處的情形，和你都是大同小異的。為了對付大家的共同敵人，我們必須聚會一次，而這次聚會，也是你同意的。」那聲音繼續說：「快進來，所有聞名已久的朋友都在等著你。」

李特大踏步向前走去，一直來到另一扇門前，他又取出那具無線電遙控器——那儀器看來如同一包煙一樣，撥弄了一下。

門打開來，李特走了進去。

那是一間陳設得極其華貴的房間，裡面的傢俬全是乳白色鑲金邊，十八世紀法國宮廷式的設計，正當中，一盞極大的水晶吊燈下面，是一張圓桌。

那張圓桌相當大，桌旁放著八張椅子，五張椅子上都已經坐著人。李特向前走去，來到一張空椅之前坐了下來。

當李特坐下來後，席間已有六個人了。

李特向其餘五個人打量了一下，那五個人，他自然都是熟悉的，但是他們卻絕少有碰面的機會，是以李特只是向他們略點了點頭。

李特心想：這是一次大集會。

這的確是一次大集會。參加會議的有七個人，召集人是本市黑社會組織，走私販毒集團，以及種種不法分子所推舉出來的一位大亨：甘八爺。

甘八爺究竟叫什麼名字，已經沒有人知道了，人們所知道的是他曾經在法國的外籍兵團中當過副司令。誰都知道法國的外籍兵團中最多不法分子，甘八爺居然能在這種軍隊中當副司令，他的神通，自然也不問可知了。

當他離開外籍兵團之際，同時帶著一批極大的財富來到本市。表面上他是一個退休軍人，但實際上，自從來到本市後，不出幾年，許多犯罪組織便已操縱在他的手上。

除了甘八之外，其餘參加會議的人，都是來自世界各地，全是各地犯罪組織所推選出來的頂尖人物。正因為他們的身分極其特殊，如果他們幾個人齊集本市的話，那一定會惹起警方特別注意的，所以他們秘密啟程，李特甚至不得不假扮成女人！

13 透明人

李特坐下來不久，另一扇門自動打了開來，一個身軀微胖，但是一眼望去，便給人極其雄偉感覺的大個子，出現在門前。

那大個子約莫五十上下年紀，國字臉，目光炯炯，穿著一件長衫，手中抓著一根一呎長短的棍子，緩步走了進來。

那大個子才一進場，坐在桌旁的幾個人便一齊站了起來，叫道：「八爺。」甘八的氣勢，的確與眾不同，他緩步走著，一面擺手令眾人坐下。

眾人坐下後，心中卻不免覺得奇怪，因為在甘八的後面，還跟著一個人。那人的身子高而瘦，頭上戴著一頂帽子，穿著一件長衫，豎起了領子，又戴著一副黑眼鏡。

那瘦漢子的臉面，根本沒有人看得清。

那瘦漢子和甘八一齊來到餘下的兩張空椅子面前。

甘八擺了擺手，說：「請坐。」

那瘦漢子居然不客氣，一聲不出，大模大樣地就坐了下來。

他戴著黑眼鏡，別人根本瞧不見他的目光在注視著什麼人，可是這時，每一個人都覺得在那副黑眼鏡的後面，有一對陰森森的眼睛正在注視著自己，令人感到心頭生寒。

從各地趕來參加會議的人，絕不是什麼善男信女，每個都是無惡不作的犯罪分子，現在居然也會覺得心頭生寒，由此可知那個瘦漢子的神情是如何陰森了。

他們的心中都在問：這傢伙是什麼人？

他們未曾開口，甘八已坐下來，咳嗽了一聲，說：「大家都來了，很好，更好的是，我們這次的集會，絕未引起警方的注意。」

他講到這裡，停了一停，續道：「也未曾引起我們的死敵木蘭花的注意。」

他舒了一口氣，似乎頗為這件事感到高興。

「肯定麼？」有人問。

「肯定，我們可以詳細地來討論一下，如何為可以殺死木蘭花的人定下報酬，也就是說，各位可以拿出多少錢來，作為殺人獎金！」

眾人沉默了片刻。

李特首先發言：「要談到殺人獎金，首先要討論的，應該是如何殺人，誰去下手，用什麼方法達到目的，才是重點。」

「關於這一切，」甘八用手中的短棍敲了敲桌子，「都不必討論，因為這將會由我的朋友負責。」接著，他又向他身邊的瘦漢子指了指。

眾人的目光再度集中在那個漢子身上。

「請問，他是什麼人？」

「各位別問他是什麼人，我敢向各位保證，他絕對有能力替我們除去眼中釘，問題在於各位肯付出的代價是多少。我個人可以代表本市的大小組織，提出一百萬美金這個數目來，各位如果也提出相同的數目，那麼這位先生便肯動手了！」甘八緩緩地說著。

可是，甘八的話說來雖然平靜，卻引起了會場一陣騷動，每一個人都交頭接耳。

有一個人叫道：「要七百萬美金，開什麼玩笑？」

「有一半數目，我就去解決木蘭花了！」李特站了起來，不屑地望著那瘦漢子。

而那瘦漢子自始至終，一動也不動。

那瘦漢子不但身子不動，連他被帽沿、黑眼鏡、大衣領遮去十分之八的臉上，似乎也沒有一點表情，像是一尊石像一樣！

甘八望定了李特，說：「你再說一遍。」

「有一半數目，我就願意去解決木蘭花了。」

「各位可同意由李特去做麼？」甘八再問。

「同意！」

「李特是好槍手，由他去做好了。」

「李特一定可以做得到的，他最善於化裝。」

看來，與會的人都贊成李特去殺木蘭花了，他們贊成李特去幹這件殺人的勾當，倒不僅是因為可省下一半殺人的獎金，而在於他們對李特十分有信心。

李特有好幾樣絕技是世界著名的，第一，他精於化裝術，扮起女人來，也是活龍活現的；第二，李特的槍法十分高超。

李特能夠爬上犯罪分子高位並不是偶然，那是靠他在四天之內，除去了十二名窮凶極惡的勁敵所奠定的地位；而且，李特來到本市，警方和木蘭花根本不知道，種種條件湊合起來，李特毫無疑問是除去木蘭花的最佳人選。

「可以的，」甘八講得更緩慢，「但是，李特，你需要多少時間辦成這件事，要有日期，因為有木蘭花在的一天，對我們的活動都是極之不利的，早前商議好的計畫都無法展開，所以，你的行動越快越好！」

「給我七天時間！」李特爽快地回答。

甘八望向眾人，大家都表示同意。

甘八手按著桌子站了起來，道：「好，各位請在本市接受我七天的招待，希望各位能帶著好消息回去，會議結束了，有人要發言麼？」

在眾人的沉默中，只聽得那瘦漢子用一種十分陰森的語調說：「我有話說。」

「請講。」

「七天之後，如果再要我動手的話，代價要加倍。」那瘦漢子仍然坐著，冷冰冰的聲音，像是從一具機器中發出來的一樣。

「朋友，」李特笑著，走到那瘦漢子的面前，有點挑釁的意味，「你賺不到這筆錢的，你從什麼地方來，還是回到什麼地方去好了！」

瘦漢子連望都不望李特，站起來，轉過身去。

李特勃然大怒，猛地一擊桌子。「我在和你說話！」

甘八一伸手，按住李特的手臂，冷冷地說：「李特，在本市的，全是我的朋友，你想不給我面子？還是想連我也得罪了？」

李特呆了一呆，縮回手來。

瘦漢子卻若無其事，像是什麼事也未曾發生過一樣，慢慢地向暗門踱去，用無線電遙控器打開了暗門離去。

李特望著他的背影，心中仍不免悻然。

甘八拍了拍他的肩頭，說：「李特，事情不簡單呢，你可要什麼協助麼？我一定盡量配合。老實說，這傢伙要的價錢實在太高了。」

「這傢伙是誰？」

「我也不清楚，」甘八搖了搖頭，「他是我在義大利西西里島，黑手黨總部中坐第二把交椅的朋友，鐵面史馬介紹來的，他曾經有過兩次輝煌的暗殺紀錄，一次是一個國家的警察總監，另一次，則是一個國家的元首，都是在不可能的情形之下完成的。」

「那算得了什麼？」李特嗤之以鼻，「我要兩柄實彈大左輪，還要木蘭花住處附近的地形圖，並且，我要保持單獨行動。」

「好的，你立即可以得到這些！」甘八按下對講機的掣鈕，將李特需要的東西吩咐下去，不到五分鐘，就有人將東西送來了。

李特接過東西，和與會的每一個人握手。

每一個人都向李特說：「祝你好運。」

李特通過暗門，走了出去。

十五分鐘後，一個「貴婦人」來到戲院門口，「她」按了按袋中的無線電信號儀，在不遠處的一輛房車便收到訊息。

司機開動車子，到了戲院門口，載著「貴婦人」駛到一間酒店，「貴婦人」在一間華麗的客房中住了下來。

誰也沒有去留意這個「貴婦人」有什麼不妥，本市每年有數十萬遊客，像這種上了年紀的貴婦人，更是多得不可勝數，誰會留意。

是以，半小時之後，那「貴婦人」變成了一個清潔工人模樣的人，從樓梯走下來的時候，也沒有引起人注意，李特是從邊門走出酒店的。

他沿街走著，一直到了一輛停在路旁的電單車。李特只花去十多秒鐘的時間，便發動了這輛電單車的引擎，向前疾馳而去。

那輛電單車當然不是李特的，對李特而言，騎走一輛不屬於他的電單車，那等於是一個普通人拉開一隻未曾加鎖的抽屜一樣容易！

電單車很快便離開市區，一直向郊外方面駛去。

李特已經在地圖上瞭解過木蘭花居住的地方，並且根據那詳細的地圖研究過周圍的環境。

槍殺兩個人，這確實太簡單了，還可以得到三百五十萬美金。更重要的是，他除去了木蘭花姐妹，附近七大城市的犯罪組織都要買他的賬了！

李特的心情十分輕鬆，雖然他也知道木蘭花、穆秀珍這兩個年輕的女子，能夠名震寰宇，自然是有著非同凡響的能耐。但是，明槍易躲，暗箭難防啊！她們又怎能想到有一個人正騎著電單車，風馳電掣一樣地趕去殺她們呢？

李特有點後悔，剛才說的七天時間太長了！他應該說：你們等著我去殺了木蘭花就回來。

如果是那樣的話，那麼他的氣概不是更非同凡響了麼？

李特想得有點飄飄然，但是他究竟不是初出茅廬的人，在將要到達木蘭花住所的時候，他又全神貫注，留意起來。

木蘭花的那幢房子漸漸接近了，底層有燈光露出，屋子中有人！李特故意將電單車的聲音弄得十分響，「撲撲撲」地駛了過去。

在駛出了幾十碼後，他停下電單車，將車子放在路邊，轉過頭，步行著，向木蘭花的住所接近，他的行動，簡直像一隻貓一樣……

客廳中，光線十分柔和。

天氣已相當冷了，窗子大部分關著。唱機上播著悠揚悅耳的音樂，木蘭花坐在沙發上，微閉著眼睛，仔細地欣賞著。

那是柴可夫斯基的「天鵝湖」。

穆秀珍其實不喜歡這種音樂，最好換上一張熱鬧的爵士音樂唱片，但是又怕受木蘭花責罵，所以顯得有點坐立不安。

因此，當那一陣吵耳的電單車「啪啪」聲自遠而近傳過來，破壞了整個音樂氣氛，令得木蘭花不由自主皺起眉頭時，穆秀珍反而有點幸災樂禍。

電單車聲漸漸遠去，穆秀珍並沒有聽出有什麼不對頭，但是木蘭花突然坐直身子，說：「秀珍，可能有人要來找我們的麻煩了。」

穆秀珍睜大眼睛望著木蘭花，她甚至想走過去，摸摸木蘭花的額角，看看木蘭花是不是在發熱，否則，何以無緣無故說有人要來對自己不利。

「剛才那一陣電單車聲，你聽到了吧？」

「當然聽到啦，那又怎樣，車子已遠去了。」

「秀珍，你太粗心大意了，我卻注意到，車聲是在遠去之後突然停下來的，而車子在經過我們的屋子時，聲音也大得異乎尋常，若不是存心吵人，這種聲音是不正常的，那人一定想我們不留心，以為車子遠去，他是弄巧成拙了！」

「你說車子停下了，怎知道不是到我們的鄰家去的？」穆秀珍仍然不服氣。

「我也注意到了，我估計車子停在三十碼外，秀珍，離我們的住所三十碼有別人住嗎？快將所有的燈一齊熄了！」

穆秀珍不能不信了，她跳起來，以最快的動作，將客廳中所有的燈一齊熄去，木蘭花和她一齊上了樓梯，來到二樓的工作室中。

木蘭花立時按下一具電視機的掣，螢光幕亮了起來，木蘭花不斷地轉動著鈕掣，電視畫面上不住地出現住所四周的情形。

自從「奪命紅燭」一事之後，木蘭花知道，由於她們維護正義之故，所樹立的敵人也越來越多，是以她們的住所更須要嚴格的保護，所以，她安裝了十二支電視攝像管在房子的四周。這十二組攝像管能使木蘭花在電視畫面上看到屋子四周的一切情形。

沒有多久，木蘭花固定了一個按鈕。

這時，在電視上出現的，是圍牆的一角，一個工人打扮的男子正偷偷摸摸地向前走來，到了圍牆的腳上，站住了不動。

到了這時候，不由得穆秀珍不佩服。她豎起大拇指，在木蘭花的面前晃著，道：「你真行！」

「其實沒有什麼秘訣，只要你肯細心留意每一件看來微不足道的事情，你總會發現其中可能有一點不尋常之處的。」木蘭花平淡地回答。

穆秀珍嘆了一口氣，這番話聽木蘭花說來多麼容易啊！但是事實上，這絕不是一件簡單的事情！

那個穿著工人裝的男子，這時已取出一根半呎長的棍子來，一節節地拉出來，直到棍子尖端的鉤子鉤到牆頭。

動作很明顯，他分明是要爬進圍牆來！

「蘭花姐，我們怎麼應付他？」

木蘭花注視著電視畫面，在電視上，可以清晰地看到這個男子臉面，但是木蘭花卻認不出那是什麼人來。木蘭花是認得李特的，但這時的李特已經化過裝了。

「秀珍，給他一點小苦頭吃吃。」

「不捉住他麼？」

「給他吃一點小苦頭，他會知難而退的。」

「遵命！」穆秀珍興致勃勃地打開抽屜，拿出一支彈弓來。那是小孩子用來射鳥的東西，穆秀珍拿在手中拉了一拉。

她又找到了一粒和彈珠一樣大小的紫色圓彈，放在彈弓上，然後她出了工作室，到了另一個房間中，從房間的一個窗口中，可以瞄準那人將要爬上來的牆頭。

穆秀珍伏在窗口上等著。只過了半分鐘左右，那人的頭部便已在圍牆上慢慢地露出來了，可是一露出來，立即又縮了回去。穆秀珍心中暗罵了一聲。

過了不多久，那人的頭部又慢慢地升了上來。

在那人的頭部慢慢向上升起之際，穆秀珍也漸漸地拉長彈弓瞄準，等到那人的頭部完全露出來後，穆秀珍突然鬆手。

那紫色的圓彈「颼」地一聲飛出去，齊齊整整地射中那人的眉心，子彈爆開來，一股深紫色的液汁立時濺了那人一臉。

那種深紫色的液汁其實於人體無害，但是當它濺入一個人的眼睛時，便會刺激眼睛，使得雙眼發生一陣劇痛。同時，那種紫色是一種特殊配方的染料，沾上皮膚後，任何漂白劑都不能洗淨，必須經過三個月之久，它才會慢慢地褪去。

那人一被射中，雙手一鬆，人已跌了下去。

這時候，在穆秀珍「哈哈」的笑聲中，李特心頭的驚駭實在是難以形容的，他雙眼劇痛，淚水逆流，什麼也看不到。

可是，他卻不敢在原地停留，從圍牆上跌下來，跌得他疼痛非常，但是他還是一躍而起，盲目地向前奔跑著。

直到奔出了十來碼，他眼中的刺痛未止，但至少已可以看到一些東西了，他才找到那輛電單車。

後面不見有人追來，他才鬆了一口氣。

他伸手在臉上一抹，就著月色一看，手上全是紫色！

李特不禁呆住了，他自然知道那種紫色，是沒有法子用任何漂白劑可以洗去的。他來的時候，臉上的化妝很濃，他只希望那種紫色的染料，會因為臉部的化妝而不沾上他的臉孔。他必須盡快趕回旅店去，洗去臉上的化妝，看看情形究竟如何。

但是像他現在那樣，一臉紫色，比舞臺上的大花臉還要可怕，他有什麼辦法可以回到酒店去呢？他甚至不能進入市區，不能遇到任何人！

但不論怎樣，他更不敢再在木蘭花的住所附近待下去，是以他跳上車子，向前馳去。

由於他不敢再經過木蘭花的住所，是以他向前疾馳而出，一直到前面有了岔路，他才轉道折回市區，這樣，他已繞了將近七、八哩的遠路了。

在將到市區時，李特扯下了一隻衣袖，包住頭臉，這樣子當然是十分惹人注目的，但總比滿臉紫色好得多。

他將車子拋棄在離酒店相當遠的地方步行到酒店，這時已經是午夜了。在李特的犯罪生涯中，可以說從來未曾有過一晚像現在這樣尷尬。

他在酒店的旁門中等了等，看清楚沒有人，才閃身而進，等到他掩上樓梯，打開門之後，第一件事便是衝進浴室。

他打開水喉，用力地擦洗著臉部，臉上的化妝全被洗去，但是他希望的事卻沒有發生，他的臉上如印象派的圖畫一樣，有著一大圈深紫色。

李特苦笑著走出了浴室，頹然坐了下來。

他心中很沮喪，也加深了他對木蘭花的憤恨，如果不能將木蘭花除去，那麼他是絕沒有辦法帶著這樣一張印象派的臉孔去見甘八和別人的，他更沒有面子去見那個瘦漢子！

如果他就此偃旗息鼓，溜回自己的地頭去，那結果也不會好多少。

因為人家就會知道他已敗在木蘭花手上，所以李特咬著牙，他必須再幹！

2 暗箭難防

李特必須捲土重來，這一點，是木蘭花未曾料到的。

木蘭花不是神仙，她之所以往往能料事如神，那是她根據已知的事實，演繹或者歸納，因而得出結論的原故。她不知道要偷進牆來的人，乃是在犯罪組織中極有地位的李特，是以她便不知道那人受了這樣的挫折之後，非要再來不可。

由於木蘭花並不知道七大城市的犯罪組織首腦都已齊集本市，共同商議對付她，所以她也全然未曾將這件事放在心上。

她們如常地睡覺。

然而李特卻翻來覆去，未曾好睡。

第二早上，當木蘭花姐妹起身練功的時候，李特也被一陣電話鈴聲吵醒。

李特沒好氣地抓起電話，從電話中傳來的，是一個陰森的聲音，李特立即認出，就是那個瘦漢子，那瘦漢子陰惻惻地說：「李特先生，昨晚的結果怎麼樣？」

「你這話是什麼意思？」李特的手不禁有些發抖。

「別緊張，如果你已經嘗試過，認為沒有可能成功的話，可以讓給我來做，成功了由你佔功勞，我只要收錢就可以了。」

李特心中一動，問：「你要多少？」

「七十萬。」

「不可能！」李特「啪」地放下了電話。

可是不到半分鐘，電話鈴又響了起來。

仍是那個瘦漢子：「李特先生，遲一天，數字便增加七分之一。我每天早上都會打電話給你，等候你的回答！」

那瘦漢子不等李特回答，便收了線。

李特本來想對著電話將對方臭罵一頓的，但是對方收線收得快，他喪失了這個機會。他憋著一肚子的怒意，重重地放下了電話。

但是他立即冷靜了下來，同時，一連串的問題也浮上了他的心頭。

他住在這裡，只有他的司機以及一個夥伴兩個人知道，這兩個人全是他的親信，是絕不會出賣他的。那麼，這瘦漢子是怎麼知道的呢？

如果那瘦漢子是由跟蹤而得知他的住所的，那麼，極有可能，自己的狼狽相也已落入對方的眼中了！

李特想到這裡，再也睡不下去了。

他翻起身，取過了無線電聯絡器連連地按著。

十分鐘之後，房門外傳來了敲門聲。

「進來！」李特模仿著女人的聲音。雖然在慘敗後的惡劣情緒中，他還未曾忘記他自己這時的身分是一個「貴婦人」！他跳下床，拉開了門，這樣說著。

進門來的兩個人，一個看來是風度十足的紳士，另一個則是司機，這兩個人，是李特的左右手，當他們一瞧見李特的時候，他們全呆住了。

李特兇惡狼狽地道：「別問我的臉是怎麼一回事！」

「是！」兩人都答應著，可是他們的目光卻無法離開李特的臉。

李特憤怒地轉過身去，問道：「昨天晚上，在我離去之後，可有人跟蹤我？」

「沒有。」兩人異口同聲地回答。

李特在房中打著轉，足有五分鐘之久，才停了下來。

當李特停下了腳步，再轉過身來之際，他面上那種兇狠的神情再配上他深紫色的臉，獰惡之情，實是筆墨難以形容的！

連他的兩個得力手下見了這等情形，也不禁心寒。

那兩個手下後退了一步，李特惡狠狠地道：「你們不必怕，我要你們替我準備幾樣東西，在一小時之內要準備妥當！」

「是。」

「替我準備兩枚榴彈——是經由榴彈槍發射的那種，和一柄榴彈槍。」李特來回地踱著步，道：「你們可能辦得到麼？」

「這個……可是可以的，但一小時……」

「你們盡量快做到。」

「是！」兩人立時轉過身去，向外走了出去。

李特的臉上現出了狠毒的神色來，他緊緊地握著拳頭，重重地擂在桌子上，有了榴彈槍，他可以在相當遠的距離對準木蘭花的住所。

兩枚爆炸力特強的榴彈，足以將木蘭花的住屋全部毀去，他必須殺死木蘭花，要不然，他就再難在匪徒中立足了。

「我一定做得到的！」他又重重地一拳，擊在桌上。

又是黃昏了。

李特提著一隻長方形的手提箱，化裝成為一個中年紳士，離開了酒店。他面上的深紫色雖然經過化裝，但仍然隱隱地可以看出來。

這是一家十分高貴的酒店，對於住客的一切都是絕不干涉的，所以李特化裝成各種不同的人進出，也沒有引起別人的注意。

他出了酒店，轉過街角，便有一輛車子駛到他的前面，他上了車，沉聲道：「照我們預定的路線駛去，直駛到木蘭花的家門前。」

「是。」那司機答應了一聲。

車子迅速地向前駛去，穿過繁華的市區。進入了黑暗的郊區。李特的心中，仍不免有點緊張，這次他硬來的計畫是不是會成功呢？

照說，兩枚有著高度爆炸力的榴彈，射中了屋子，那是可以連整幢屋子都破壞的，但是事情是不是真的那樣簡單呢？如果真的那麼容易的話，那瘦漢子怎開得出那樣的天價？由於木蘭花威名太甚的原故，李特竟越來越覺得膽怯了起來。

他甚至想命令司機開回酒店去了！但是，他想到那瘦漢子的電話，想到自己如果不能殺害木蘭花，那便等於不能在犯罪組織中混下去，他的「事業」也就完了，所以，他咬緊了牙關不出聲。

車子離木蘭花的住所漸漸近了，當車子來到離那幢精緻的小洋房只有十來碼的時候，他沉聲道：「停下，別弄出聲音來。」

車子無聲地停下，李特打開手提箱，取出了榴彈槍，裝上了榴彈，將車窗除下，舉起了榴彈槍，架在窗口上，伸手去扣槍機。

木蘭花的屋中亮著燈，她在家中，看來，只要手指一拉下去便大功告成了，然而，就在他手指一緊間，坐在司機旁的那個人，李特的助手之一，突然轉過身來，在李特還未曾明白發生了什麼事之際，「啪」地一聲響，一副手銬已銬上了他的右腕。

李特陡地一怔，雙手一鬆，榴彈槍跌了下來，跌進了車廂中。他還想再掙扎，那司機也已疾轉過身，撲了過來。重重的一拳擊向他的下頷！

那一拳打得李特完全失去了抵抗能力，他口角流著血，軟癱在車座上。

那司機除下了帽子，冷笑著道：「認識我麼，李先生？」

李特睜開了眼睛，他的一雙眼珠幾乎奪眶而出。

「高翔！」他絕望地叫著。

不錯，那司機正是高翔，而這時，已將自己和李特銬在一起的那個，也不是李特的兩個部下之一，而是一位高級警官。

「李特，你被捕了，罪名是什麼，你也該知道了！」

李特在極度的沮喪之餘，又感到極大的憤怒，他的兩個手下是絕不會出賣他的，而他的行動又是如此之秘密，高翔是怎樣知道的？

一定有人出賣他，而且可能是那個瘦漢子！

那傢伙妒嫉自己成功，竟然向警方告密，自己雖然被捕，但是這個消息還是非傳出去不可，這個消息傳出去，自然便有人對付這傢伙了。

為了證實自己的猜想，他問道：「誰告的密？」

「沒有人告密。」高翔冷笑一聲，「只怪你行事太不小心了，你的兩個手下竟然動念頭到軍械庫去偷武器，他們的成績不錯，但是自動攝像機拍下了他們的樣子。全市警探立即奉命跟蹤，發現了他們的所在。但是倒也有出乎我們意料之外的事，那便是你，李特先生，竟然大駕在本市，你是怎麼來的？我不得不慚愧我們的工作做得太差了。」

「哼，你是在代他掩飾。」

「代誰掩飾？」高翔反倒覺得奇怪。

「那瘦漢子，那職業凶手，是老八請——」

李特講到這裡，突然想起自己在一時氣憤之下講得太多了，而等他突然中止之際，高翔的心中已經起了極大的疑惑！

他自然知道李特口中的「老八」是什麼人，而李特又是鄰埠地位十分高的犯罪分子，照這樣情形來看，本市以及鄰近地區的犯罪分子似乎正在秘密地進行著一項相當大的陰謀，並且還有一個秘密的職業凶手被請了來，目的當然是對付木蘭花！

高翔心念電轉，但是面上則不動聲色，只是聳了聳肩道：「也許是吧，隨便你自己去猜想好了。」

高翔說得似乎十分輕鬆，但是事實上，他的心情則是相當沉重，因為他知道這件事情嚴重得非比尋常。在那一剎間，他甚至考慮過故意放走李特，讓李特去對付那個秘密凶手，以造成匪徒的窩裡反！

但是他並沒有這樣做，因為他知道李特是一個極其危險的犯罪分子，如今好不容易在人證物證俱全的情形下就逮，是不能輕易放過他的。

跟在他們車子後面的幾輛滿載警員的車子，也早已到達了，高翔吩咐了那警官幾句，由那位警官先將李特帶回警署去。

高翔又留下了八名警員，守在木蘭花住所的附近，他自己則提著那支榴彈槍，向木蘭花的住所走去，在鐵門外站定了按鈴。

跳跳蹦蹦出來開門的是穆秀珍。她一見高翔，便笑道：「好啊，你為什麼那麼久不來？咦？你這是幹什麼？去打仗啊？」

「說來話長，蘭花呢？在麼？」

「她不在，」穆秀珍一嘟嘴，也不開門。「你回去吧。」

「秀珍。別開玩笑，我有要緊的事。」

「哎——」秀珍伸長了舌頭，向他做了一個鬼臉，「誰和你開玩笑，門還沒有開，就急急忙忙問蘭花姐，你來看看我，就不行麼？」

「行是行的，」高翔並不生氣，笑嘻嘻地回答，「就是怕看你看得多了，你那位馬先生會不高興，所以在下不敢。」

「呸！」穆秀珍紅著臉，也笑了起來。

高翔催她開了門，和她並肩走著，道：「秀珍，什麼時候請喝喜酒啊，若是你嫁了人，蘭花一個人，一定更寂寞了，是——」

高翔的話還未曾講完，穆秀珍突然一弓身，同時，扭住了高翔的肩頭，將高翔的身子向前直摔了出去，「砰」地一聲撞開了門，跌進了客廳內。

木蘭花正坐在沙發上，一時之間不知發生了什麼事情，倏地站了起來，高翔跌在地毯上，叫道：「這樣對付客人麼？」

「誰叫你胡言亂語？」穆秀珍趕了進來。

高翔站了起來，向她做了一個鬼臉，穆秀珍兀自氣呼呼地叉著腰，高翔道：「好，如果你不向我道歉，那我就不對你講我來這裡的目的。」

穆秀珍是好奇心最強的人，她一聽得高翔這樣說法，立時擡起頭來，道：「好，算是我不對，你也照樣摔我一下好了。」

高翔和木蘭花都笑了起來。

在笑聲中，高翔將手中的榴彈槍放在咖啡几上，道：「蘭花，你看到了沒有？剛才，有人在十五碼之外，持著這槍，要向你們的住所發射。」

木蘭花的秀眉略略一揚，道：「是麼？」

「這個人，竟是李特。」

「噢！」木蘭花挺了挺身子，「是他？」

「是的，而且根據李特的話聽來，一直處在幕後的大頭子現在也開始出面來對付你了，可能有許多各地的首惡分子正在本市集議對付你。」

「嗯。」木蘭花托住了下顎，「我記得你說過，許多犯罪集團都要對付我，他們甚至於肯對能夠將我殺死的人，提供一筆很大數目的獎金，是不是？」

「根據李特口風，他們的確請了一個人來。」

「什麼人？」

「不知道，李特稱他為瘦漢子。」

木蘭花又沉默了片刻，道：「那是不通的，如果他們請了人來，為什麼不由請來的凶手下手，而要由李特來下手呢？」

「那還不知道，我趕回去審問李特，蘭花，你要小心些！」高翔的聲音之中，充滿了至誠的關懷，他重複著：「蘭花，你要小心些。」

「謝謝你，我會小心的。」木蘭花站起身來。

高翔來到了門口，但他仍有點依依不捨，他又道：「你不要到警局去和我一起審問李特麼？」

「不用了，我得準備應付凶險的局面。」

「那也好，一有了結果，我立即和你通電話。」高翔揮著手，慢慢地向外走了出去，自己關上鐵門，登上車子，馳了開去。

他留下來看守木蘭花住所的警員，仍然留著。

高翔走了之後，木蘭花只是緩緩地在客廳之中踱步，一句話也不說，穆秀珍也跟在木蘭花的後面走著。

但是她是一個絕無耐心的人，她才走了六七步，便已不耐煩起來，道：「蘭花姐，我們怎麼樣對付他們？我想起來了，昨天那個傢伙也是想來殺我們的。」

木蘭花仍是不出聲地踱著。

穆秀珍一跳，跳到了一張沙發上，舉起手來，道：「昨天的那個人，可能就是請來的職業凶手，他吃了虧，李特便自告奮勇了。」

木蘭花仍然不出聲。

「蘭花姐，」穆秀珍又大叫，「你說我分析得可對？」

木蘭花站定了身子，冷冷地道：「不對！」

穆秀珍正在與高采烈地大發議論，忽然被木蘭花澆了一盆冷水，不禁大為沮喪，道：「不是？那麼他是什麼人呢？」

木蘭花並沒有回答她，這令得她更不自在。

木蘭花又來回踱了片刻，才道：「秀珍，這次事情真的十分嚴重。常言道明槍易躲，暗箭難防，你在這件事未曾徹底解決之前，一切必須絕對聽我的話。」

穆秀珍攤了攤手，回道：「有什麼了不起？不就是一個瘦漢子麼？蘭花姐，我看——」

「秀珍！」木蘭花厲聲喝著，打斷了穆秀珍的話，「剛才我講的話，你可做得到？如果做不到的話，那麼，我先送你離開本市！」

穆秀珍忙搖手道：「不，不，我的意思是，我不想離開本市。我可以做得到的，我不一直在聽你的話麼？是不是？」

穆秀珍講到這裡，多少感到有點委屈。

木蘭花嘆了一口氣，道：「秀珍，匪徒不斷地要找我們的麻煩，我們生活在極度的危難之中，一不小心，就有危險發生的！」

「是的，我知道。」穆秀珍十分懂事地回答。

「那就好了，從今天晚上起，我們就離開這屋子，到那兩間石屋去，你是知道那兩間屋子的，是不是？」木蘭花問。

「我知道。」

木蘭花吸了一口氣，那兩間石屋，位於一個小小的農場，平時有兩個老年人在打理著，但他們也不進那兩間房子，更不知道農場的主人就是大名鼎鼎的女黑俠木蘭花和穆秀珍，連高翔也不知道她們準備了這樣的一個所在。

這兩間石屋的地勢相當高，在石屋中，以長程望遠鏡來觀察，可以看到她們住屋的情形，要逃避暗殺，那實在是一個好地方。

木蘭花又道：「在事情未曾了結前，你不能和超文通電話，因為我們絕不能讓任何人知道我們去了何處，包括高翔在內。」

穆秀珍有點為難，但是她還是點了點頭。

接著，她們兩人便開始行動起來，她們在衣櫥中取出了兩個面目和她們相似的橡皮人，灌了氣，使橡皮人保持著半躺半坐的姿勢，將之放在床上，開亮床頭燈，拉好了窗簾。

然後，她們再經過化裝。這化裝使她們的容貌看來略有改變，這是她們每次到那兩間石屋去時的化裝，她們並不使用車子，是打開了後門。翻過了圍牆掩出去的，她們在黑暗中走了沒幾步，立即便發現屋子旁有警察在守護著。

木蘭花示意穆秀珍伏下身子，她們藉著灌木叢的掩遮，避開了兩個警察的耳目，越過了公路。拐進一條小路，向前迅速地走去。

走出了半哩，她們又伏了下來，直到確定了後面絕沒有跟蹤者之後，她們才繼續向前趕路。當她們到達之後，那兩個老年工人早已睡了。

她們自己打開了石屋的門，木蘭花一面吩咐穆秀珍準備配有紅外線觀察鏡的長程望遠鏡，一面拿起了電話，撥著警察局的號碼。

3 露出馬腳

電話接過之後，木蘭花叫高翔聽電話，等了約莫兩分鐘，高翔的聲音傳來了，木蘭花立即道：「高翔麼？我是蘭花。」

「蘭花，這傢伙什麼也不肯說。」

「這在我意料之中，李特並不是小匪徒了。」

「但是，他有兩個手下，看樣子會露出口風來的。」

「高翔，我和秀珍已經躲起來了。」

「是麼？你們躲在什麼地方？」

「對不起，我不能告訴你，但是我將保持每天和你聯絡，還有，在我屋子旁的警員，請你命令他們撤退，以免暗殺者不敢上門。」

「蘭花——」

木蘭花並不知高翔再講了些什麼，因為她已收了線。她轉過身來，道：「秀珍，你也打個電話給馬超文，免得他以為未婚妻失了蹤。」

穆秀珍紅了臉，道：「蘭花姐，我不打！」

「傻女，害什麼羞？別說得太多。」

在穆秀珍打電話給馬超文的時候，木蘭花湊在已架好的望遠鏡前向下看去，她可以清楚地看到自己的住所和那條公路。

公路上相當冷清，看來，今天晚上李特被捕，是不會再有什麼新的事情發生的了，她望了一會，便在床上躺了下來。

穆秀珍已打完了電話，也在床上躺下。

兩人沉默了片刻，穆秀珍才道：「蘭花姐，我們怎麼辦？就一直在這裡躲下去麼？」

「這裡不錯啊，像世外桃源一樣。」

「蘭花姐，你不將計畫講給我聽，我是住不下去的！」

「好啊，你竟威脅我？我可以將計畫告訴你，我的計畫便是等。」木蘭花翻了一個身，順手在床頭拿起了一本小說來。

「等有什麼用？」

「等的作用大著哩，我們如今對於敵人方面的情形，可以說一點也不瞭解，那是敵人在暗，我們在明，如今我們躲起來，沉住氣等著，敵人一定到處找尋我們，敵人既然找尋我們，那麼他們就一定不免要暴露了目標。那時候形勢就改變了，變成了我們在暗，敵人在明，那就容易對付了。」

木蘭花笑著講完，又道：「明白了麼？」

「蘭花姐，辦法倒是好的，可就是氣悶了些。」穆秀珍不高興地說。

「那也只好忍受一下氣悶了，但是當敵人在遠程望遠鏡中出現的時候，看看他如何行動，那也是一種十分有趣的事情。」

穆秀珍無法同意，但她也無法可施，她打了一個呵欠，也順手拿起了一本小說來看，其實，她什麼也沒有看進去，只是在胡思亂想。

李特被捕的消息雖然警方未對外公佈，但是也傳了開來，很快地，便傳到了有關的犯罪分子的耳中，他們不約而同地一起來到了密室。

密室的圓桌旁所坐的人和第一次會議時一樣，只不過少了李特，李特已被捕了，這使得大家的心中大是惴惴不安。

因為李特也可以算得上是暗殺專家，但是卻出師不利被捕了，若是他供出這個會議的參加人的一切來，那就更麻煩了。

所以，每一個人的目光，都停留在那瘦漢子的身上。

一個人首先道：「喂，老兄，現在你該出馬了。」

那瘦漢子卻冷冰冰地道：「要我出馬是可以的，但是既然事情完全被你們弄糟了，那麼，我要的代價，自然也大不相同了。」

「你要多少？」座間幾個人齊聲問。

「我要一百萬美金，你們自己去分攤好了。」

幾個人一起站了起來，對瘦漢子怒目而視。

瘦漢子面上的神情，如同雕刻的石像一樣，一動也不動，而他仍然戴著那副漆黑的黑眼鏡，也根本看不出他眼中的神色如何來。

他冷冷地道：「這是我吃虧的價錢，本來，警方根本未加注意，我們要殺的對象也沒作預防，那是輕而易舉的事情。」

他講到這裡，停了一會，又發出了兩下令人毛髮直豎的冷笑聲。「可是你們捨不得出錢，相信了李特的妄言，將事情弄得一團糟！」

他狠狠地一擊桌子，發出了「砰」地一聲，霍地站了起來。

那瘦漢子的全身都散發著一種極其陰森的氣息，他陡然站起，自有一股懾人的神態，令得本來站起來的幾個人不由自主地坐了下去。

那瘦漢子再冷笑一聲，道：「如今又要我來收拾殘局，困難增加了萬倍，這是最少的數目，我看你們該在五分鐘內作出決定，現在該離去了，還等警方來圍捕麼？」

圓桌旁的眾人雖然全是一等一的犯罪組織頭子，但是在如今這樣的情形下，他們也不免相顧失色，驚惶萬狀，難以掩飾。

過了一會，才有人道：「我們如何付款？」

「你們開支票好了，我信得過你們。」瘦漢子咧嘴一笑，露出了白森森的牙齒，令人不寒而慄，「到如今為止，還沒有什麼人敢賴我的錢。」

那瘦漢子的話，使得人人都想到他絕不是在出言恫嚇！

圓桌旁的幾個人互相望了一眼，各自取出了支票簿，道：「我們按人頭分配，但是我們開的是期票，如果到時木蘭花不死，我們是止付的。」

「可以。」瘦漢子滿不在乎，「你們開一個月期好了。」

一時之間，只聽得吱吱的簽支票聲，幾乎是在支票才一交到瘦漢子的手中，牆上突然有一盞紅色的燈亮了起來。

八爺首先站起，道：「警方有人來了，李特這小子出賣了我們，保持鎮定，我們可以安然而退，各位離開此地之後，請立即離開本市！」

他引著眾人，在另一扇暗門中退了出去。

那扇暗門，是直通戲院的，戲院中正在放映電影，黑暗之中，誰也未曾察覺多了幾個人，更沒有注意到那些人又從太平門中走了出去。

連率隊前來的高翔，也沒有注意自戲院中走出來的人。

李特仍然沒有招供什麼，他一言不發。但是他的兩個手下卻說出了李特假扮婦人前來本市，在戲院面前下了車的事實。

進了戲院之後，李特是去做什麼，他們也不知道。

高翔也相信他們兩人不知道，同時高翔也可以斷定，李特來到本市，到了那戲院，一定是和別人來會面的，所以他立時帶了五名幹練的探員來到戲院。

他才踏上戲院大堂的石階，一個暗藏的電視攝像管，便已將他的行動傳到了警戒室中，警衛按下一個掣，會議室中的紅燈亮起，各人也開始撤退了。

高翔向經理室走去，他帶來的人分佈在外，他一腳踢開了經理室的門，室中只有一個人坐在辦公桌後面，吃驚地站了起來，面有怒容，道：「什麼人？」

「警方人員。」高翔直衝了進去，手中的手槍指住了那名經理，「我不信你不認得我，我們不必再做戲了，他們在哪裡？」

「先生，我不明白你在說些什麼，就算你是警方人員，我們這裡是繳納營業稅的正當娛樂場所，你憑什麼可以衝進來？」

高翔冷笑一聲，道：「你是經理麼？」

那人道：「是，我請你出去！」他伸手向門外一指。

高翔「哈哈」一笑，伸手在經理的肩上一拍，道：「老友，你怕辦不到這一點了，李特已什麼都供出來了，暗門能瞞得過我麼？」

高翔其實並不知道暗門在什麼地方，他甚至不能肯定是不是有一扇暗門在，那只不過是他的猜想；但同樣的，李特是不是招供了，他的對手也是不知道的。

那經理早已奉命拖延時間，是以他仍然搖著頭，道：「我不明白你在講些什麼？什麼人是李特？他招不招供，和我們有什麼關係？」

「好的，我要搜查。」

「有手令麼？」

「當然有！」高翔將搜查令重重地放在桌上。

然後，他一招手，五名幹探一起走了進來，不到十分鐘，暗門便被發現了，高翔領先衝了進去，到了會議室中。

可是這時候，秘密會議室中早已一個人也沒有了。

他們很快地發現了另一道暗門，又循著通道向前走去。

突然之間。他們聽到了「砰」的槍聲，高翔陡地停下步來，推開了前面的一扇門。

當他推開前面的那扇門之後，槍聲更是震耳欲聾！但是高翔並不害怕，只是啼笑皆非。

推開那扇門後，他到了戲院中，銀幕上放映的，正是一部西部片，英雄在大戰印第安人，槍放之不已，槍聲正是從銀幕上來的。

高翔苦笑了一下。他所要找的人，已經全部逃脫了！

他站在那間外面寫著「職員辦公室」的門前，他並不希望還有人留在戲院中，是以他準備退回去，但他剛縮了縮身子，肩頭上便覺得一陣辣辣的疼痛。

他中槍了！

真的槍在放射時所發出的聲音，經過滅音器之後，本來就只是輕微的「撲」地一聲，再在銀幕上發生大槍戰時放射，根本什麼也聽不見！

高翔之所以未被射中要害，實是因為他未曾將那扇門全部推開，他的身子始終有一半被門掩著，而且，他正好準備退開去，身子已經挪了一挪之故。

他立時伏倒在地，在他後面的一個探員立時道：「什麼事，高主任？」

高翔吸了一口氣。道：「我受傷了，凶手還在戲院中！」

他一面說，一面看向子彈射來的方向，他看到一個瘦長的人影正走出太平門，高翔立時以左手拔槍。

然而，當他拔槍在手之後，那個人影已經消失了。

「快去包圍太平門！」高翔立即吩咐。

兩名探員立時退了出去，但高翔對此實在不抱著什麼希望。

當他被另兩人扶著，退到了會議室坐定之際，心中只覺得極其駭然！

他並不是駭然於自己的中槍，而是駭然於凶手的膽子之大，在退到戲院之後，居然還在座位上向自己射擊！

這樣一個大膽的凶手，而又根本不知他的底細，要對付他，不是太難了麼？

兩名探員扶著高翔退到了經理室，立時召救護車，大隊警員也已開到，可是在戲院中的觀眾始終不知道發生了這樣驚險的事！

高翔被送到醫院，取出了子彈，他中彈的地方並不是要害，他是沒有生命危險的，但是他卻不得不在醫院中住了下來。

方局長和警局的高級警官都輪流來探視他，高翔要求方局長設法和木蘭花聯絡，將自己受傷一事通知木蘭花。方局長答應了。

但是在離開醫院後，方局長卻沒有法子做到這一點，因為他不知道木蘭花在什麼地方，他找不到木蘭花，當然也沒有法子將高翔受傷的消息告訴木蘭花了。

而高翔希望木蘭花知道自己受傷的用意：是希望木蘭花會因之和他通一個電話，那麼，他就可以告訴木蘭花，不法分子請來對付她的凶手，是一個極其危險，膽大得異乎尋常的人，木蘭花應該十分小心地去防止他的暗算！

但是，既然沒有人知道木蘭花的住處，高翔的那一番忠告，當然也無法傳到木蘭花的耳中，事實上，木蘭花根本不知道高翔負了傷！

木蘭花和穆秀珍兩人所住的小農場，幽靜得像是世外桃源一樣，木蘭花似乎完全不理會外面發生了什麼事情，像是一心一意準備在這裡長住下去了！

木蘭花可以心如止水地住在農場中，穆秀珍卻做不到這一點。

第一天，她勉強地捱了過去，心中已在不斷地嘀嘀咕咕。

第二天，她更是坐立不安，木蘭花故意不去理睬她，因為木蘭花知道，如果一理睬她的話，那麼她一定會提出不再在農場中住下去的話了。

穆秀珍發了半天的牢騷，得不到木蘭花的同情，熬到了下午，她忽然安靜起來，不再出聲，只是守在望遠鏡前面觀察著。

而且，她還將觀察到的結果講給木蘭花聽。她看到大隊警員和方局長一起來過，方局長在門口等了很長的時間，才命兩位警員越門而入，那兩個警員是狼狽退出的。

兩個警員中的一個，看樣子，身體還受了點輕傷！那自然是他中了屋內的埋伏之故了。方局長離去之後，屋外留下十來名警員在看守，但是到了傍晚時分，那十來名警員也都撤走了。

到了夜色朦朧之際，她們所住的附近便變得十分冷清了。

穆秀珍問道：「蘭花姐，你說，想殺我們的那傢伙，今天晚上會不會找上門來下手？」

「誰知道。」木蘭花只是懶洋洋地回答。

「你——」穆秀珍張大了口，可是她只講了一個字，便住了口，木蘭花也已轉過了身去，她向著木蘭花的背影做了一個鬼臉。

從下午起，她的心中便有一項決定，這時，她更是決心實行這項決定了，她的決定是，今天晚上，趁木蘭花熟睡之際溜出去！

她不贊成木蘭花穩重的辦法，她要去找那個企圖殺害她們的人，須先將對方消滅，然後自己才能安枕無憂，像如今這樣躲起來不敢見人，就算成功了，講出來也羞人，這算是什麼英雄好漢？

所以。穆秀珍不再說什麼，天一黑，她便上了床。

當然，她躺在床上，翻來覆去睡不著，等到木蘭花也上床的時候，她還沒有睡著，木蘭花望著她笑了一笑，叫道：「秀珍！」

穆秀珍有點心虛，也陪著笑道：「什麼事？」

「秀珍，世上最蠢的便是自作聰明的人，是不是？」

「嗯——」穆秀珍的心中打了一個突，木蘭花這樣說是什麼意思呢？難道她已經知道了自己的計畫？不，那是不可能的！

她又笑了一下，但是卻笑得十分尷尬，道：「是的。」

「希望你不是那種人！」木蘭花又道。

穆秀珍的心頭怦怦亂跳了起來，難道她真的已知道了麼？自己可是一點馬腳也沒有露出來啊，她一定是故意這樣試探自己的，自己可不能心虛！

她裝著十分鎮定，道：「當然不是！」

木蘭花笑了笑，也就躺下來就寢了。

穆秀珍等了好一會，心中才算漸漸地平靜了下來。

她以為她自己絕未露出破綻來，事實上，自從她在當天下午態度突然轉變之際，木蘭花已經知道她想做什麼了。

只不過木蘭花卻料不到當夜就寢之前，自己用話點醒她之後，穆秀珍仍然會以為自己的計畫天衣無縫，未露破綻，照舊實行的。

事實上，嚴格來說，穆秀珍並不是完全照她原來的計畫行事的。她原來計畫在半夜偷偷地爬起身來，偷溜出農場去，但是，在未到半夜之前，她卻睡著了。

而且，她這一覺睡得十分之沉，所以，當她一覺醒來，陡地想起自己還有一件大事未曾做之際，連忙起身來去看床頭的夜光鐘時，幾乎叫了出來。

已經是清晨五點鐘了！

「糟糕！」她心中暗叫了一聲，也不免猶豫了一下，轉向對面床上的木蘭花看了一眼，木蘭花還在睡著。

穆秀珍吐了吐舌頭，輕輕地站了起來，輕輕地推開了門。

這些動作，她做得十分成功，居然沒有發出聲音來驚醒了木蘭花，這實是十分難得的事情，木蘭花因為一直在詐睡，監視著穆秀珍，一直到子夜一時才睡去的原故，是以這時她也睡得相當沉，反倒給了穆秀珍一個溜走的機會！

穆秀珍輕輕地推開門，閃身出去，又輕輕地將門掩上，深深地吸了一口氣，忙不迭地向前奔去，卻不料踢到了一塊石頭，痛得她抬起了一隻腳。又不敢叫出聲來，一隻腳在地上跳之不已，跳了幾下，又踏中了一隻大花貓的尾巴！

那大花貓正在好睡，忽然被穆秀珍踏中尾巴，「咪嗚」一聲怪叫，直竄了起來，將穆秀珍嚇得跌倒在地上，心中罵了千百聲「死貓」、「病貓」、「瘟貓」……

她坐在地上好一會，聽得四周圍仍是沒有聲音，才又站了起來，再鬆了一口氣，慢慢地向前走去。

當她翻出了農場的籬笆時，她像是逃出囚籠的犯人一樣，張大了雙臂，想要呼喚，在她將發出聲音來的一剎那，她想起自己是萬萬不能出聲的！

等她連忙收住聲音時，氣窒了一窒，身子也一震，小農場本來是在山上的，籬笆外面便是山坡，穆秀珍的身子一震，一個站不穩，便順著山坡地滾了下去，一直滾下了三四十碼，總算才抓住一株矮樹，止住了下落之勢。

若不是抓住了那株小樹，她可能一直滾下去，滾到山下的公路上去，那時，她一定是免不了要受傷的了！

穆秀珍勉力站了起來，氣得在自己的頭上重重地打了兩三下，以責罰她自己的魯莽。然後，循著小路，慢慢地走到了公路上。

等到她在公路上站定的時候，天色仍然十分黑，她也直到這時候，才發現自己的計畫其實一點也不能算得上是計畫。

第一，她根本什麼也沒有帶出來。

第二，她身上所穿的，甚至還是一件睡衣。

第三，她離開小農場，是為了去尋找敵人的。可是，她卻一點線索也沒有，人海茫茫，到哪裡去找要殺自己的敵人去？

穆秀珍的心中不禁躊躇了起來，她應該回到小農場去麼？當然不，好不容易溜了出來，如果回去的話，以後還有機會麼？在那小農場中等敵人現身，那真叫人氣悶死了，什麼也沒有，不會上家裡去麼？沒有線索，去找高翔！

高翔不是抓到一個叫李特的人麼？他一定有線索的！

穆秀珍一想到這裡，重又興高采烈起來。

她沿著公路，迅速地向前奔著。

幸好這時，郊外的公路上沒有車輛經過，要不然，人家看到了一個年輕的姑娘，穿著睡衣，在相當寒冷的凌晨在公路上奔跑，一定會將之當作神經病的。

穆秀珍一口氣奔到家，她根本未曾帶鑰匙，於是她便翻過了鐵門，好在家中的那些「陷阱」。她自己是全知道的。

在穿過小花園之際，她發現有幾處機關竟已被人破壞了。穆秀珍呆了一呆，但是這現象並沒有引起她太大的疑心。因為昨天下午，她曾在望遠鏡中，看到過兩個警員爬進自己的住所，又狼狽退出的情形。

穆秀珍並不是沒有腦筋的人，她的毛病在於不肯用她的腦筋去多想一想，她一心認為那是那兩個警員所為，便不再去設想第二個可能了。

她來到了門口，一推門，門並沒有鎖上。

門沒有鎖上，這是不可能的，木蘭花離去的時候，是將門鎖上的，為什麼這時一伸手，門就被推了開來呢？

唔，一定又是那兩個警員。

穆秀珍仍然未曾好好地去想一下，她推門走了進去。

這時，已是清晨六時了。

在冬天，這時候正是黎明前的一剎那，也就是天色最黑暗的時刻，穆秀珍一進門，幾乎什麼也看不見，她摸索著向前走出了兩步。

突然之間，她站住了。

在那一剎那間，她並不是看到了什麼，也不是碰到了什麼，而是她聞到了一股十分辛辣的煙味，那是土耳其的煙味！

她和木蘭花兩人都是不吸煙的，難道是那兩個警員？

這次穆秀珍卻知道煙味絕不是那兩個警員留下來的，因為即使那兩個警員在進屋子的時候，曾經吸食過土耳其煙，那麼，煙味也絕不可能在屋中留下達十六小時長久而不消散的！

穆秀珍立時想到：這屋子中有人來過！

更可能的是，這人還在屋子之中！

穆秀珍陡地緊張了起來。

她仍然看不見客廳中的一切，但這是她自己的家，客廳中的一切陳設，她是熟悉的，她記得進門之後，走三步，再向左跨出兩步，就應該有一張沙發。

她必須先在沙發後面躲起來，以觀動靜。

她連忙向左跨去，跨出了兩步，她伸手一摸，摸到了沙發的扶手，可是，也就在她摸到了沙發的扶手之際，她卻忍不住尖聲叫了起來！

正有一條手臂擱在沙發的扶手之上！

也就是說，沙發上坐著一個人，而她還準備躲在那張沙發之後！

4 單獨行動

穆秀珍只尖叫了一聲，沙發上的那人便出聲了，在黑暗中聽來，那聲音更是極其陰沉，道：「小姐，我可曾嚇著你了？」

穆秀珍止住了尖叫，她心中大是尷尬，啼笑皆非，但是，她卻是個從不肯在口頭認輸的人，她「哼」地一聲，道：「誰怕了，你是誰？」

她一面說，一面向後退出了一步。

那聲音又道：「你最好站定了別動。」

穆秀珍道：「為什麼？」

她講出了那三個字，才覺出自己的這個問題實在是極其可笑。

果然，那聲音又道：「我手中有槍，小姐，它可以制你死命。」

「啊，你！」穆秀珍叫了起來，「你就是那個凶手。」

「是！」那聲音十分陰森，「而你，就是木蘭花小姐，對麼？久仰你的大名，但我們會在這樣的情形之下相見，卻是想不到的。」

穆秀珍：「我不是——」

她只講了三個字，眼前突然一亮，那人已按亮了沙發旁的一盞落地燈，在燈光乍亮的那一瞬間，穆秀珍幾乎什麼也看不到。

但是在幾秒鐘之間，她的視力便正常了。

她向沙發上看去，不禁倒抽了一口冷氣！

坐在沙發上的那個人很瘦，個子很高，穆秀珍從來也未曾見過一個如此陰森的人。

事實上，穆秀珍可以說看不清那人的臉面。因為那人穿著一件大衣，衣領豎起，又戴著一頂帽子，帽沿壓得十分低，又戴著一副暗紅色玻璃的眼鏡，將他的臉遮去了十之七八！

但是縱使看不清那人的臉，那人的一切，也都給人一種十分陰森的感覺。

他的那副眼鏡，一定是紅外線鏡片，是可以使人在黑暗中視物的，也就是說，穆秀珍在未曾推門進入客廳之際，那人便早已知道了！

那人的手中，則執著一柄樣式十分奇特的槍。那柄槍的樣子有點像駁殼槍，但是槍口卻又粗又短，而且，槍口像是蜂巢一樣，竟有著九個孔，那可能是一柄效能極高的火箭槍。

穆秀珍苦笑了一下，她是計畫溜出小農場後來找敵人的，如今，敵人總算已在眼前了，然而敵人出現在她的眼前之際，竟會是如今這樣的情勢，卻是她想不到的。

「你不必舉起手來，」那人陰森地道：「我相信你不會有抵抗能力的，剛才你的話未曾講完，你不妨繼續向下講去。」

穆秀珍勉力定了定神，又故意笑了起來，只不過她的笑容卻並不鎮定，反倒十分尷尬，她道：「我不是木蘭花。」

那人似是呆了一呆，但是他隨即道：「我知道了，你一定是穆秀珍小姐了，是不是？你不是木蘭花，一樣難逃我手的，我受了委託，人家出了巨額的獎金要我殺木蘭花，做大生意，總得有點贈品的，是不是？而你，就是贈品了！」

穆秀珍怒道：「哼，你以為我說我不是木蘭花，是因為怕死麼？我不是木蘭花，便不是木蘭花，你是嚇不倒我的！」

那人冷笑道：「你的勇氣不錯，我等了半夜，等到了你，總算也不虛此行了！」他一面說，一面已慢慢地舉起手中的槍來。

穆秀珍大叫一聲，身子向後倒去，突然向旁一滾，拉起一張小茶几，正拋中了那張沙發！

但是，那長瘦子的身手卻是十分矯捷，當小茶几拋中那張沙發之際，那長瘦子早已一躍而起，跳上餐桌，居高臨下了！

穆秀珍扭動了那張小茶几，再向那張沙發上看去，才知道對方早已離去了。她連忙一個翻身，然而，在她還未曾看清那人到了何處之際，「嗤」地一聲，一件物事激射而至，在她的耳際擦過，射在地板上。

穆秀珍連忙側頭看去。插在地板上的是一支尖針，那針有三面鋒稜，每一個鋒稜上，全有著一個凹槽。

當穆秀珍望過去的時候，正看到每一個凹槽上，都有一滴深棕色的液汁在向下滴來，穆秀珍不由自主地又向旁滾出了一步，尖聲道：「這是什麼？」

「這是我特製的武器，這針的射程，可以媲美長程來福槍，而那三滴毒液，足夠殺死三頭強壯的犀牛，你還要再亂動麼？」

穆秀珍這時，也看到對方是站在餐桌上了。

她身子躺著不動，心中則在急速地轉著念，她沉著地一笑，道：「這武器的威力似乎不小，可惜你的眼界實在太差了。」

「我的眼界差？」那人桀桀地笑了起來，道：「我可以射中一隻飛行中的蒼蠅！」

「吹牛！」穆秀珍不屑地撇了撇嘴。

她是在拖延時間，尋找機會。那人站在餐桌上居高臨下，用這樣的武器對著自己，自己看來是一點機會也沒有的了，但如果自己躲到餐桌下面去呢？躲到餐桌下面去，不但可以使對方失去目標，而且還可以掀起餐桌來，將整張桌子壓在那人的身上，反敗為勝！

現在的問題就是：如何滾到餐桌下面去！

那人冷冷地道：「我不必使你相信，如果你再敢妄動的話，那麼我就要向你發射了。」

「咦，」穆秀珍揚了揚雙眉，「我不是你的『贈品』麼？那你應該立即置我於死地才是，何必還等我動了，你才發射？」

「不是現在，現在你必須說出木蘭花的所在。」

「哈哈，」穆秀珍笑了起來，「原來你不敢向我下手！」

她一面說，一面身子已向前滾了出去，她離餐桌本就不十分遠，一滾便滾到了近前，身子一進入桌底，她立時站了起來，雙手向上猛地一托，將整張桌子掀了起來！

這一切，全是不到十秒鐘之內發生的事情！

那瘦漢子絕想不到穆秀珍竟會這樣厲害，這樣不怕死，穆秀珍滾進桌下，他還呆了一呆，然而就在他一呆之際，桌子已被掀起來了！

那長瘦子一個站不穩，身子首先向下跌了下去。

那時候，穆秀珍雙手還托著桌子，但是她的身子卻已然站直了，她高舉著那張桌子，猛地向那個瘦漢子砸了下去。

「啪」，「啪」，「啪」三下響，三支毒針射中了桌面，雖然三支毒針上的毒液足以殺死幾頭強壯的犀牛，但是不能阻止餐桌壓下來的力道。

那瘦漢子的身子滾著，滾出了三四碼，「砰」地一聲巨響，餐桌砸了個空。但是，餐桌雖然砸空了，穆秀珍卻也取得了主動權。

她大聲叫著，越過了餐桌，向那長瘦子撲去。

那瘦漢子一見穆秀珍撲到，突然又翻了一個身，穆秀珍一腳踹出，正踹在他的背上，那一腳的力道著實不輕，踢得那人怪叫了起來，雙臂一張，手中的槍也跌出了三四碼。

對方的武器已然失去，穆秀珍的心中更定了許多，她踏前一步，又向那瘦漢子踢去，可是就在她一腳踢出之際，只見瘦漢子右手一揚，拋出了一件東西。

那件東西並不是向她拋來，而是向牆上拋出的。

穆秀珍的動作並沒有因此停止，她那一腳再度踢中了那瘦漢子，正踢在那瘦漢子的腰際，但與此同時，瘦漢子拋出的東西也撞在牆上。

那東西是一個白色的球體，撞在牆上之後，發出了「波」地一聲響，爆了開來，一大蓬濃白色的煙霧立時散了開來。

幾乎是立即地，穆秀珍立時覺得頭昏目眩，她連忙後退出了幾步，蹲下身來，拈起了那人落下的毒針槍。

可是當她握槍在手，準備向那人瞄準之際，她卻呆了一呆，那人雖然已站了起來，但是穆秀珍這時看來，眼前卻有七八個在晃動的人影！

她不知道哪一個才是實體，她也知道自己清醒的時間不會太多了，她扣動扳機，射出了槍中尚餘的幾枚毒針，射到第五枚針時，她眼前的人影已經增加到幾十個了，她無法知道自己是不是射中了目標，她的心中突然起了一股極其噁心的感覺。

接著，她眼前發黑，昏過去了。

陽光照進屋中，是在穆秀珍昏過去之後的一小時，天色已大明了，木蘭花急匆匆地衝進自己的住所，衝進了客廳。

她呆住在門口。客廳中凌亂之極，餐桌倒在地上，一條桌腿斷了，花瓶和許多陳設物全跌落在地上，牆上有著許多小孔，不知是被什麼射出來的。

誰都可以看得出，在這裡經過一場極激烈的打鬥！

而在咖啡几上，則用打火機壓著一張紙。木蘭花絕不希望這張紙是穆秀珍留下，告訴她去向的。

但是她在呆了一呆之後，還是過去將紙拿了起來。紙上沒有什麼字，那是一幅素描。

畫這幅素描的人，可以說是一個藝術天才，雖然只有寥寥幾筆，但是躺在地上，被人拉著腳向外拖出去的穆秀珍，則是神態活現。

拖穆秀珍出去的人，在畫中只可以看到下半身，但即使是看到一半身子，也可以看出那是一個又瘦又高的瘦漢子。

在畫的一角上，還寫著「哈哈」兩個字，木蘭花立即可以明白那是怎麼一回事了！

穆秀珍溜了出來，回到家中，但是敵人已先她一步在屋中，經過一番打鬥，穆秀珍落敗昏迷，被人拖走，而敵人卻還從容得可以留下這樣一張素描！

木蘭花一時之間，幾乎憤怒得將這張紙撕掉！

但是她是一個理智勝於感情的人，她立即想到，這張紙不能撕，這張紙是敵人留下的唯一線索，敵人是以這幅素描來嘲笑她的，她就要敵人在這幅素描上吃些苦頭！

她知道穆秀珍暫時不會有什麼危險，因為殺人者主要的目的，是為了那筆龐大的殺人獎金，而唯有殺了她，才能得到那筆獎金。

那麼，在她還未曾露面之前，凶徒必然想在穆秀珍的口中找出自己的下落來，在這樣的情形下，穆秀珍暫時當然是不會有生命危險的。

而且，她原定的計畫可以說是完全被穆秀珍打亂了，木蘭花的心中十分氣惱，她決定讓穆秀珍多受些苦頭！

她上了樓，攜帶了必需的用品，又打了個電話。

她本來是想和高翔通話，等到接通了警局，她才知道昨天晚上在鬧區戲院內所發生的事情，也才知道高翔為了追捕凶徒，已經受了傷！

木蘭花放下了電話，心情不禁十分沉重。

她必須單獨行動了！

木蘭花並不是害怕單獨行動，但是到如今為止，連敵人是什麼樣子還弄不清楚，高翔便負了傷，穆秀珍亦落到了別人的手中，由此可知，這次的事情實在是出乎意外的凶險！

木蘭花本來是準備到醫院中去看看高翔的，然而，一個電話卻改變了她的主意。

在她放下電話之後，電話突然響了起來。

木蘭花拿起了電話聽筒，便聽得一個聲音「嘿嘿」地冷笑著，道：「蘭花小姐，我算定你應該回家，並也看到一切，知道發生什麼事了。」

木蘭花一愣，放粗了喉嚨，裝著男聲，道：「你是什麼人？蘭花小姐在什麼地方？我們是警方人員，你是什麼人？」

對方呆了一呆，接著，「哼」地一聲收了線。

就是這一個電話，改變了木蘭花的主意，木蘭花覺得在如今這樣的情形下，自己若是到醫院去探視高翔的話，一定會暴露自己的所在的。

自己必須繼續「失蹤」，讓敵人找不到自己！

她戴上了一張尼龍纖維織成的精巧的面具，一戴上那面具之後，她幾乎成了另一個人，然後她翻過屋後的圍牆，離了開去。

木蘭花和穆秀珍不同，穆秀珍自以為很有計畫，但等到事情臨頭時，才發現自己實在是什麼計畫也沒有，然而木蘭花卻是真正有計畫的。

在她還未走出門口之際，她已預訂了行動的步驟。她訂下的步驟的第一步是，根據那張繪有素描的紙，去尋找那個凶漢的住處！

這看來似乎全無可能的，但事實卻不，那張紙，是一張信箋，上面被撕去了吋許寬的一條，那是這張信紙上印的名稱。木蘭花並沒有在屋內找到被撕去的一條紙。

這證明那人行事十分小心。

但是那人的行事還不夠百分百的小心，因為在信紙的左下角，還有一行小字，那是一行數字，通常是表示印製了多少這樣的信紙，第幾次印刷用的。

這看來也沒有什麼用，但木蘭花假定信紙是屬於一個大酒店的，那麼，她只消調查幾間第一流的大酒店，便可以知道信紙的來源了。

那凶徒是住在那酒店中，這是一定的事情。

木蘭花之所以將目標集中在第一流的大酒店，是她知道凶徒既然以殺人為業，收入自然十分豐盛，這一類的凶徒，所過的日子一定也是窮奢極侈，絕不會窩在二流酒店之中的。

而本市第一流的酒店，算起來也只不過六七家而已，這應該是一件十分容易調查的事！

木蘭花的估計，十分正確。

兩小時後，當她到達第三家華貴的大酒店之際，她的調查便已有結果，那張素描所用的紙張，就是這家大酒店的信箋！

那是本市最高貴的酒店之一，藍天大酒店。

住在這酒店中的旅客，非富即貴，各國的達官貴人來到本市之後，幾乎全是住在藍天大酒店中，酒店當局還聘請了好幾個十分有名的私家偵探常駐在酒店之中。

酒店內，他們有一個辦事處。木蘭花在弄明白了那凶徒所用的紙張是藍天酒店的信箋之後，便來到酒店保安室的門口，敲了敲門。

「進來。」門內傳來一個男子聲音。

木蘭花一聽這聲音，便認出那是一位叫王達人的私家偵探。木蘭花曾經和他見過面，王達人在本市的眾多私家偵探中，算是相當出色的一個。

木蘭花扭開了門，走了進去。

裡面是一間十分舒適的辦公室，這時只有一個人坐在一張寬大的辦公桌之後，他是一個精神奕奕的中年人，頭頂已經半禿了。

木蘭花一進去，那中年人便站了起來。

他十分有禮地說道：「小姐，我能為你做些什麼？」

木蘭花老實不客氣地在一張沙發上坐了下來，道：「達人，我需要你幫助的地方很多。你大可以不必如此客氣。」

王達人錯愕了一下：「你？你是誰？」

木蘭花將聲音放得十分低，道：「這是一個極值錢的秘密，我是木蘭花。」

當木蘭花講到「我是木蘭花」之際，王達人的身子陡地一震。

由於他身子陡地一震之故，他的手臂也不由自主地揚了揚，竟將桌上的一瓶紅墨水潑倒在地上所鋪的地毯上。

地毯本來是十分美麗的米黃色，這時卻多了一大灘紅色。

為了掩飾他自己的吃驚，王達人忙道：「是你，蘭花小姐，你怎麼會到這裡來的……而且，你的樣子，似乎……不同了。」

王達人為什麼這樣吃驚呢？木蘭花的心中立即想。

她設想了兩個原因，一個是自己的出現難免意外些，所以才令得王達人驚愕異常的；但是王達人是一個有名的私家偵探，他竟如此不鎮定？

第二個原因，王達人可能有著什麼隱秘的理由，不願意見到自己，所以一看到自己出現，才會如此之吃驚，除此之外，不可能有第三個原因了。

木蘭花心念電轉，裝著開玩笑也似地道：「王先生，你何以如此害怕？難道你有什麼秘密怕被我知道麼？是不是？」

王達人的面色都變了，忙道：「不，不，當然不！蘭花小姐，那是因為你的出現，太突然了！」

他嚥下了一口口水，又道：「而且，我最近聽說，各地的凶徒都在聯手對付你，他們出了一筆極大的獎金，是獎給能將你殺死的人的。」

「正是，如果你現在一槍將我打死了，那你便可以獲得一筆使你下半生享受不盡的巨額獎金，你可有這個興趣嗎，嗯？」

「別……別開玩笑了，蘭花小姐！」

木蘭花笑了笑，也不再說下去了，她自袋中取出了那張素描，道：「我來找一個人，這人住在這家酒店中，但是我卻沒有這個人的照片，只有這個人的下半身的一幅素描，不知道你是不是能夠看出這個人是住在什麼地方？」

「這個……」王達人猶豫了一下，說：「怕不能吧。」

「你看看再說，這素描的特徵十分明顯！」

木蘭花將那張紙對摺了一下，摺去了穆秀珍，只將那個身形瘦長的人的半身遞到王達人的面前。

王達人看了半晌，沉吟道：「這……可能是班奈克先生。」

木蘭花揚起頭來。「你怎知是他？」

「班奈克是一個瘦漢子，老是戴著黑眼鏡，穿著大衣，樣子和這半個人有點像，他……他是什麼人，珠寶竊賊麼？」

「不是，你先別問這些，也別插手管這事！」

「好的。」王達人立即答應。

「他住在幾樓？」

「十七樓，一七〇四室，我們曾對他的身分懷疑過，是以我才知道他的住房號碼，我們懷疑他是珠寶竊賊，曾對他進行調查。」

「調查的結果怎樣？」

「他是持錫蘭護照，自義大利來的，從他的姓名看來，他似乎是錫蘭人，但他自稱是義大利一本大型畫報的攝影記者。」

木蘭花用心地聽著，道：「還有別的資料麼？」

「我們查到了他一路從義大利前來時經過的地方，和那些地方他住宿的酒店的保安部聯絡過，各地的回報全說他是一個富有的人，可能是東方某王國的貴族，我們見沒有別的發現，也就沒有再調查下去。」

「這是一個十分有趣的問題，」木蘭花低著頭來回地走著，地毯上的那灘紅墨水極其觸目，老像是在提醒木蘭花什麼事情一樣，她繼續道：「當初，你們是為什麼會懷疑他呢？」

「因為……他看來十分神秘。」王達人這樣回答。

木蘭花似乎滿意了，她「唔」地一聲，道：「你絕不可以將我到過這裡，調查過這個班奈克的一切的經過講給任何人聽，希望你合作。」

「當然，當然，我是一定合作的。」

木蘭花向門口走去，拉開了門，走了出去。

木蘭花走出去之後，王達人長長地吁了口氣，直到這時候，他額上的汗珠才滾滾而下，他連忙來到一具電視機前。

他打開了電視機，螢光幕上，立時出現了酒店大堂中的情形，他看到木蘭花走到了升降機的門口，等候升降機。

不一會，升降機來了，很多人走出來。

王達人拿起了電話。

等到他看到木蘭花走進升降機，升降機的門關上，開始向上升去之際，他才低聲道：「請你接一七〇四室，快一點。」

電話立即接通了，電話鈴只響了一下，那邊便已有人取起了電話筒。王達人急急地道：「班奈克先生麼？我是保安室的王達人……」

「什麼事？」那邊是一個冷冷的聲音。

「天，木蘭花來了，她已上了電梯，已知道你住的房間號碼，在半分鐘之後，她就可以到達你的門口了，你得想想辦法。」

那邊沉靜了幾秒鐘，沒有再說什麼便收了線。

王達人放下了電話，他的手心也全為汗所濕了！

5 名不虛傳

升降機平穩地向上升著，木蘭花的心情十分緊張。

王達人的指認如果沒有錯的話，那麼她立即可以和各地凶徒請來的暗殺者見面了！那凶徒不知是不是正在他的房間中？

如果他不在，那他遲早要回來的，自己可以在房中等他，唯一令得人擔心的，倒是穆秀珍！

唉，秀珍這好惹是非的丫頭，如今在什麼地方？

電梯到了十七樓，木蘭花走了出去。

她才出了一步，便停住了。電梯在她的身後關上門，繼續升了上去。

木蘭花之所以停步，並不是因為什麼了不起的原因，而是她看到鋪在走廊的地毯上，有一灘惹目的污跡。

這灘污跡令得木蘭花停步，是因為木蘭花突然想起了王達人房中的地毯，和王達人一聽到她的名字所做出的那種過分驚惶的行動來。

王達人究竟為什麼如此驚惶呢？這的確是一個值得疑惑的事情，如果不是他心中的秘密恰好和自己有關的話，只怕他也不會如此吃驚的。

那麼，他心中的秘密又是什麼呢？

要發掘一個人心中的秘密，大約是天下最困難的事情了。木蘭花當然無法確知王達人心中的秘密究竟是什麼，但是她卻可以進行種種的推測。

她推測下來的結論是：自己的行動必須加倍的小心！

由於她在電梯口站立了許久，有一個女侍已在對她好奇地注視了。

木蘭花靈機一動，向那個女侍走了過去，低聲道：「大嬸，我是警方的女探員，來調查一件案。」

「是麼？」那女侍十分有興趣，「什麼事？」

「什麼事我不能告訴你，但如果你合作得好，那麼，你將可以得到五百元的獎金。」木蘭花取出了幾張鈔票，晃了晃。

五百元不算是一個小數目，那女侍忙道：「好！好！我合作，我……怎麼合作？」

「我們先到你的休息室去。」

「好的。」那女侍帶著路，將木蘭花帶到了女侍休息室中，木蘭花將門關上，走廊之中仍然靜悄悄地，一個人也沒有。

「一七〇四號房，是不是你負責清潔的？」

「是啊，那是一個單人套房，住的是一個又瘦又高的人，老是戴著黑眼鏡，也不知道他是不是在看人，十分神秘的模樣。」那女侍十分健談，她在講完了一大串話之後，又問道：「這個人，可是壞人麼？」

木蘭花笑了笑，道：「是不是壞人，現在還不能確定，還要調查，下一次清潔，是在什麼時候？你可以讓我代替你去麼？」

「是在上午十時，我們照例要去敲門問客人，是否可讓我們進去清潔，我們大多數都得到肯定的回答的，你要代我去？」

木蘭花看了看手錶，已經是九時半了。

她點頭道：「是的，一七〇四號房由我代替你去，走廊的清潔也由我負責，等我從一七〇四號房出來之後，這五百塊錢就是你的了。」

那女侍開心地笑了起來，說道：「那我先多謝了！」

木蘭花換上了女侍的制服，由於她身材不合，因之制服大了些，但是什麼人會去注意一個女侍的制服是否合身呢？

木蘭花穿好制服之後，拿起一具吸塵機，走出了女侍休息室，她剛一走出去，便聽得前面有「砰」地一下關門聲。

木蘭花連忙抬起頭來。

但是等她抬起頭來時，那扇門已經關上了。

木蘭花走過幾步，赫然看到那扇門上的號碼：一七〇四！

木蘭花呆了一呆，她推動吸塵機，慢慢地向前走去。

她到了一七〇四號房門之前，停了片刻，然後貼耳在門上細聽片刻，她聽不到有什麼聲音。但是房中有人，那是毫無疑問的事情了。

房中的人剛才開門，是為了什麼呢？難道房中人早知自己要來，所以在等候自己？卻又因為自己久久未來，才打開門，向走廊中張望的？

如果是這樣的話，那麼，王達人竟是被凶手收買的奸徒了？

似乎也只有如此，才能解釋為什麼他一聽到自己的名字是如此吃驚了。

木蘭花不敢確定自己的推測一定是正確的，但是她卻知道如今因為有了懷疑，而十二萬分小心地行事，那是不會錯的。

她在走廊中來回地清潔著地毯，又用擦銅油抹亮每一個房門上的號碼，當然，她在一七〇四號房的門口停了許多時候。

在那幾分鐘時間，她還使用了微波擴大偷聽器來偷聽房中的聲音，但是她卻什麼也聽不到，就像房中根本沒有人一樣。

到了十時零五分，木蘭花伸手敲門。

她敲了好幾下門，才有一個冷冰冰的聲音道：「誰？」

「清潔工來打掃房間，先生。」木蘭花回答道。

「進來。」

木蘭花深深地吸了一口氣，旋開了門，走了進去。

那是一間套房，陳設華麗，自然不在話下，地上全鋪著地毯，一組北歐線條的沙發，圍著一張條紋瑪瑙玉的咖啡几。在一個角落，有一張黑皮的安樂椅，這時正有一個人坐著，那人的雙腿擱在皮椅上，他正展開了報紙在看著。

報紙遮住了那人的上半身，是以木蘭花根本看不清他的臉容。木蘭花也不敢太露出痕跡來，她推著吸塵機，清潔了外間，然後道：「我可以進臥室去麼？」

「可以。」那人仍不放下報紙來。

木蘭花打開房門，走了進去，她想在這裡找到穆秀珍的希望不存在了。

本來，要將一個昏迷的人帶回酒店來，那是不可能的事，但如果有保安部的主要負責人幫忙的話，那麼情形便不同了，木蘭花正因為懷疑王達人，所以才想到有可能穆秀珍會在這裡的。

但如今，穆秀珍顯然不在這裡。

外面作為客廳的房間，是沒有地方可以藏下一個人的，臥室中倒有地方可以藏人，那是壁櫃，然而壁櫃的門是半開著的，木蘭花一眼便可以望到裡面沒有人。

三分鐘之後，木蘭花退出了臥室，她已找不到什麼藉口再在這裡逗留下去了，她正在考慮用什麼方法和對方攤牌之際，那人已冷冷地道：「你是新來的，是不是？」

木蘭花怔了一怔，但是她立即道：「不是，我在這裡已工作兩年了，只不過這一個月中，我還是第一次調到十七樓來。」

木蘭花希望看清那人的面容，是以當她回答的時候，她停止了工作，直視著那人。那人也放下了報紙，像是在望著木蘭花。

木蘭花未能確定那人究竟是不是望著自己，是因為那人戴了一副黑得出奇的黑眼鏡的原故，他的眼部活動全然看不到！木蘭花只可以看出那是一個相當瘦削的人，給人以一種十分陰沉的感覺。

木蘭花回答完之後，道：「還有什麼吩咐麼？先生？」

那人自他的上衣口袋中取出了一張鈔票來，道：「這是給你的小費。」

木蘭花的心中又愣了一愣，作為一個女侍來說，她是沒有道理拒絕一個客人的小費的，於是，她裝著十分歡喜地向前走去，接過了小費。

在她接過小費的時候，那人低著頭，看樣子是在打量木蘭花的雙手，也就在那一剎間，木蘭花的心頭亂跳，她知道自己露出破綻來了！

這時，木蘭花的行動，神態，可以說和一個慣做大酒店女侍的人完全一樣，這是她的成功之處，但是，她的一雙手卻不像！

她的手絕不是一個慣做粗重工作的人所該有的手！而其時，她那雙手卻完全暴露在那人的視線之下！

這不能說是木蘭花的疏忽，因為假扮女侍，是她臨時決定的，她勢必不能在這以前便將雙手化裝成一個做慣粗重工作的人的雙手。

而當那人在給她小費的時候，她也是不可能拒絕的。

所以這時，木蘭花立即知道那人給自己小費的目的，就是要察看自己的雙手，如今，那人可以說已達到目的了。

木蘭花一接過那張鈔票，立時縮回手，向後連退了兩步，但是，那人的動作更快，那人一揚手，一柄手槍已對準了木蘭花。

木蘭花呆了一呆，道：「先生，做什麼？」

「不必再做戲了，木蘭花小姐！」那人站了起來，「你自動找上門來，那是我求之不得的事情，你給我帶來了一筆巨款，你知道麼？」

木蘭花必須盡量和他拖延時間，她搖著頭，道：「先生，我實在是不明白你在講些什麼？你可需要一個醫生麼？要我代打電話？」

「住口，木蘭花，你還不承認你是誰麼？」

木蘭花張開了手，道：「我不明白，先生，我不明白！」

那人霍地站了起來，他的身子又高又瘦，以致他只走了兩三步，便已來到了木蘭花的面前，道：「小姐，你臉上的面具，是瞞不過行家的！」

木蘭花的心中立時閃過了一個念頭：誘他來摘下自己的面具，使他的手伸到自己以極快的動作一抓便可以抓到的地方來。

是以，她仍然問道：「什麼面具？我有什麼面具？」

那人「嘿嘿」冷笑著，道：「非要我揭下你的面具來。你才肯承認？」

他一面說，一面倏地伸手，向木蘭花的面上抓來！

他伸出的是左手，而他在左手向前伸來之際，執槍的右手同時向前伸了一伸，槍口離木蘭花的胸口更接近了些。

在這樣的情形下，換了別人，是沒有法子反抗的，但是對身手特別矯捷的木蘭花來說，這卻是千載難逢的機會。

木蘭花在站定身子和那人講話之際，她的雙手一直是扶著吸塵機的機柄的，這時，她雙手猛地向前一送，吸塵機柄向那人的手腕撞了出去。

當吸塵機柄撞中那人的手腕，令得那人手中的手槍脫手向外飛去之際，木蘭花第二個動作又發動了，她猛地抓住那人的左腕，身子一旋，將那人的身子自她的肩頭之上直拋了過去，重重地摔在地上，木蘭花的手仍然握住了那人的手腕。

木蘭花一伸足，踏住了那人的頭側，拉直了那人的手臂，令得那人動彈不得，然後才道：「班奈克先生，你的機智很值得人讚賞。」

片刻之間，形勢完全改變了！

手槍跌在四五呎之外，班奈克自然是取不到的，而他的身子被木蘭花以這種姿勢制住，也令得他無法動彈，他不禁發出了一聲怒吼！

木蘭花冷笑了一下，道：「可惜，你不免太自負了，你以為你有一柄槍在手，就可以離得我如此之近了麼？那是你自討苦吃！」

班奈克尖聲道：「放開我！」

木蘭花當真一鬆手，但當她鬆手之際，她則重重地在班奈克的頭上踏了下去。那一下，正踏在班奈克頭側的大動脈上。

這根大動脈是負責輸送血液到臉部去，以保持臉部清醒的，這時木蘭花用力地踏住了班奈克頸旁的這條大動脈，班奈克只覺得昏昏沉沉起來。

木蘭花只踏了半分鐘左右，便向外跳了開去，拾起那柄手槍，再跳了回來。用槍指住班奈克的後腦，道：「起來！」

班奈克像喝醉了酒的人一樣，站了起來。

木蘭花比他聰明，絕不和他正面相對，只是持著槍在他的背後，使他缺少反抗的機會，她將那張素描拋在班奈克的面前，道：「秀珍呢？在什麼地方？」

班奈克突然「哈哈」地笑了起來，道：「看來是我自投羅網，不是你自投羅網了！」

對於班奈克一看到這張紙，便立刻想到自己是憑著這張紙找到了他的所在的，那種敏捷的思想，木蘭花心中不禁感到有點吃驚，她又問道：「秀珍在什麼地方？」

班奈克又笑了一下，道：「蘭花小姐，你當真名不虛傳，這還是我從事這項工作以來，第一次遭受到的挫折，我有一個提議，你能接受麼？」

「你首先要明白你自己的處境。」

「當然，我明白。到如今為止，我沒有得到什麼好處，但是我卻也沒有失去什麼，我被你用槍指著，但是穆秀珍在我的手中。」

「你準備怎樣？」

「用我的自由，來交換穆秀珍的自由。」

木蘭花猶豫了一下，就這樣放走了班奈克，自己必然還有無窮的後患，但是不放走班奈克，班奈克豁了出去，自己又怎能救穆秀珍？為了救穆秀珍，這似乎是無可奈何的事情了。

是以木蘭花沉聲道：「如何交換？」

「我命人送穆秀珍來到這裏，然後，你放開我，帶著她離去，這樣，可算是公平麼？」班奈克將他的辦法提了出來。

班奈克會提出這樣一個辦法來，那倒是木蘭花所料想不到的，木蘭花立即想：這樣子換人，對班奈克有什麼好處呢？對班奈克似乎並沒有特別的好處，那麼，看來班奈克真的想以穆秀珍來換回他如今的劣勢了。

他可以信任麼？但不論怎樣，自己先和穆秀珍見面倒是十分重要的。

木蘭花並沒有考慮多久，便道：「好！」

「那麼，我需要打一個電話。」

「只要你沒有別的行動，我是不會開槍的。」木蘭花冷冷地回答。

班奈克向著電話機走去，拿起了電話聽筒來。

穆秀珍在漸漸醒過來的時候，兀自覺得頭昏腦脹，像是身在一艘在大風浪中掙扎的小船內一樣。

她有了知覺之後，第一件想起來的事便是糟糕！她從小農場溜了出來，結果卻落到了敵人的手中，而木蘭花又全然不知道她在什麼地方！

她睜大了眼睛，眼前一片漆黑，她想起身坐起來，可是才一抬身，「砰」地一聲，頭部便在一個硬物上重重地撞了一下。

直到這時候，她才發覺她自己處身的空間實在小得可憐，那似乎是一個鋼鐵的箱子，但穆秀珍摸索片刻，就知道那是什麼所在了！

那是一輛汽車的行李箱！

她開始「砰砰」地敲著行李箱的頂，並且大聲叫喚。

她希望車子是在鬧市之中，或是在有管理員的停車場上，那麼，她所弄出來的聲音，便一定可以引起人家的注意了。

可是，她足足花了半個小時的時間，用盡了一切可以弄出聲音來的辦法，她並沒有被人救出去，仍然是在汽車的行李箱中！

也就在這時，她聽到了人聲。

那聲音並不是發自行李箱外，而是從行李箱內發出來的。

當那聲音乍一傳入穆秀珍的耳中之際，將穆秀珍嚇了一大跳，她幾乎以為除她以外，行李箱中還有另一個人在！

她連忙循聲摸去，才發現聲音是由一具無線電對講機所發出來的。

那是那個兇徒的冰冷的聲音：

「秀珍小姐，你一定已相當疲倦了，是不是？但即使你發出的聲音再響一百倍，一樣不會有人聽見的。這輛車子是停在一個荒僻之極，沒有人到的地方，而汽車的行李箱是最難從裡面打開的，相信你也知道的。」

穆秀珍怒道：「知道又怎樣？」

「那你更該知道，如果你不合作的話，那麼只有在這個行李箱中活活地餓死。秀珍小姐，這滋味實在是不十分好受的。」

穆秀珍不禁倒抽了一口冷氣，活活的餓死，這滋味的確不好受，她立即感到肚子餓了起來，唉，農場中的米飯多麼香啊。

「木蘭花在什麼地方？」那聲音繼續問。

「我不會說的。」

「我再問一遍，木蘭花在什麼地方？」

「我不說。」

「好，三小時之後，我再來問你。」

「我說了。」穆秀珍突然改口，「你仔細聽著，我說了，她在……」

她講到這裡，突然將聲音放得低而模糊，等到她估計對方已將耳朵湊近對講機時，她才「哇」地尖叫了起來。她聽到了「砰」地一聲響，顯然是那人被她突如其來的怪叫嚇了一跳，弄翻了什麼東西。

穆秀珍「哈哈」地大笑了起來，等她笑夠時，再也沒有別的聲音傳來了。

穆秀珍仍然用各種不同的方法發出聲音來，然而她卻得不到救援。

一直到了十時半左右（她不斷地在看著夜光手錶），她才聽得汽車的行李箱頂上有人敲了兩下，一個人道：「安靜些，我來救你了。」

穆秀珍大喜，道：「誰，你是誰？」

隨著她的發問，「砰」地一聲，行李箱被打開了。

陽光照在穆秀珍的臉上，剎那之間，穆秀珍根本看不到任何東西。她先一翻身，一骨碌地滾出了行李箱，站起身來。

然後，以手遮額，她才看清，站在她面前的，是一個半禿了頭的中年人，那中年人十分面熟，穆秀珍立即想了起來，忙叫道：「你是私家偵探王達人！」

王達人道：「是的，你跟我去見蘭花小姐。」

穆秀珍也不問別的，因為她這時只想到見了木蘭花之後所要受到的那一場訓示，是以她愁眉苦臉地跟著王達人上了一輛汽車。

那輛關禁穆秀珍的汽車，的確是停在十分靜僻的郊外，但這時王達人將車子開得十分快，不一會，便已到了市區。

一到市區，穆秀珍更是惴惴不安，問道：「王先生，蘭花姐……在什麼地方？她可有發怒？是不是會罵我？」

王達人敷衍著道：「我想不會的。」

穆秀珍這時心中所害怕的，就是木蘭花的責罰，對於王達人的身分，竟一點也未曾懷疑，因為王達人本來就是一個偵探，她自然將之當成好人了。

直到到了藍天酒店十七樓，出了電梯，王達人故意退後一步，突然拔槍指住了她的背脊之際，她才大吃一驚！

王達人冷冷地道：「只要你不亂來，我是不會開槍的！」

「你……這算是什麼！」穆秀珍怒道：「快移開手槍，這也可以開玩笑的麼？你帶我來見蘭花姐，動刀動槍幹什麼？」

「不錯，我是帶你去見木蘭花，」王達人冷冷地道：「但是我和你們卻不是一條路上的人，你蠢得到如今還不明白麼？」

穆秀珍明白了！她倒不是給王達人一罵之後才明白的，而是聽得王達人說他和自己不是一路的時候，就明白了。

她知道，一路上，王達人對自己客客氣氣，不露出真面目來，那是怕自己在半途上反抗，使他不能將自己順利地帶到這裡來。

王達人是一頭狡猾的狐狸！

可是這時候，穆秀珍顯然明白了過來，也沒有什麼別的辦法好想了，王達人的槍口頂著她的背脊，令她一步一步向前走到了一七〇四室的門口。

然後，王達人命令道：「敲門，一連七下快的，再是三下慢的，然後又是七下快的，那麼，你就可以見到木蘭花了。」

穆秀珍渴望著和木蘭花見面，於是她依照王達人的吩咐，先敲了七下快的，又是三下慢的，然後又是七下快的。

那七快三慢的敲門聲傳進了房間中，木蘭花和班奈克兩人的身子都挺了一挺，班奈克沉聲道：「他們來了。」

「你叫他們進來！」木蘭花立即吩咐。

「房門經過我特別改裝，他們是無法在外面將門打開的，必須我親自去開才可以。」班奈克雙手按在沙發扶手上，作勢要站起來。

「坐下！」木蘭花厲聲吩咐，「你別玩什麼花樣，門上並沒有什麼特別的裝置，我就是推開門自己走進來的，你如此擅忘麼？快叫他們進來。」

班奈克陰沉的面色中升起了一股怒意來，但是他的怒容又被那種陰森森的面色所掩蓋了，他揚了揚頭，叫道：「進來。」

在門外，王達人一聽到班奈克的聲音，便低聲道：「開門進去，一進門就站定，如果你不服從命令，我就從你的背後射擊。」

穆秀珍「哼」地一聲，不再理睬他，伸手握住了門把，將門推開，一步跨了進去。

當穆秀珍推開門的時候，她所看到的情形和剛才又有所不同，因為木蘭花在班奈克開口之後，身子一跳，已跳到了班奈克的後面，手槍對準了班奈克的後腦。那樣的話，不論推進門來的人有什麼動作，首先遭殃的將是班奈克，而不會是她！

穆秀珍一進門，並沒有看到木蘭花，她呆了一呆，站在門口，王達人立時閃身進內，將門關上。

穆秀珍怒道：「蘭花姐呢？她在什麼地方？這傢伙，這——」

穆秀珍的話還未講完，木蘭花已經叫道：「秀珍，我在這裡，你可以走過來麼？」

穆秀珍大喜，但是她隨即又哭喪了臉，她苦笑道：「不能，王達人這王八蛋用槍指著我。」

木蘭花冷冷地說道：「班奈克，叫王達人放下槍。」

「在你還未曾放下槍之前，他怎麼能放下槍？」班奈克冷然回答，他語音的鎮定，使得木蘭花也佩服他臨危不亂的本領。

這時，木蘭花的心中不禁猶豫了起來。

只要穆秀珍無事，她當然願意暫時放過班奈克，雖然，縱虎容易捉虎難，放過了班奈克之後，班奈克是仍然要害她的，她也得冒著極大的危險再去對付班奈克，然而，這還是值得的。

但是，令得木蘭花不能不考慮的是，如果她先放下槍，像班奈克這種窮凶惡極的凶徒，會遵守什麼諾言麼？

她立即決定：她不能先放下槍來！

她也不準備和班奈克辦交涉，立時提高了聲音，道：「王達人，你將秀珍放開，我可以不究既往，要不然，你將後悔莫及！」

「不會的，」王達人平日「好好先生」的面具完全剝下來了，他陰森地一笑，「只要班奈克先生成功，我就可以分到兩成。」

「你分到的只是一顆子彈！」木蘭花提醒他。

「嘿嘿，」王達人又奸笑了起來，「班先生不是那樣不守信用的人，而我，也不是那麼容易受騙的人，你不必再操心了。」

木蘭花可以肯定，像班奈克這樣的人，在得手了之後，是絕不會分兩成所得給王達人的。那不一定是他不捨得錢，而是像他那樣的凶手，行事必須保持百分之一百的秘密，不能留下一點線索在外面，是以他也必須將他的同伴殺死滅口。

可惜，王達人卻執迷不悟！

木蘭花深深地吸了一口氣，道：「王達人，你不妨仔細想一想，他會留你在世上做活口麼？你一定會死在他的手中的。」

王達人不出聲，槍口仍指著穆秀珍。

班奈克鷹隼似地笑了起來，道：「你不必多費唇舌了，沒有我的命令，他是絕不會放開穆秀珍的，而我的命令是：你必須先放開我！」

木蘭花心中陡地一動，道：「好！」

在她心念一轉之間，她已然有了計較，是以此際她一個「好」字才出口，她的左手突然揚了起來，重重地一掌，向班奈克的後腦擊去。

班奈克連聲音都未出，頭一側，便垂在沙發上昏過去了。木蘭花左手順手在沙發背上一按，整個人「呼」地竄過了沙發。

王達人見到了這等情形，不禁大吃一驚，連忙喝道：「站住，木蘭花，站住，你再不站住，我就立即放槍了！」

木蘭花將手中的槍向上一拋，槍在半空中急速地轉了幾轉，又巧妙地回到了她的手中，她冷笑一聲，道：「你何必這樣害怕？」

王達人結結巴巴道：「你……你……」

木蘭花又冷笑一聲，道：「我什麼？我已放開了班奈克，你還不放開秀珍，可是想我動手麼？你想想，我如果動了手，你有什麼便宜？」

「我……我……」王達人一面說，一面身子向後急速地退了開去。

6 捉迷藏

王達人一退，木蘭花立即一躍向前，拉住了穆秀珍的手背。

王達人退到了沙發後面，木蘭花和穆秀珍退到了門口。

這時候的空氣緊張到了極點，雙方都有槍，但是雙方誰也不敢先開槍，誰先開槍，誰就會吃上大虧。如果木蘭花射擊班奈克，那麼王達人一定在同時射擊木蘭花；如果王達人射擊穆秀珍，那麼木蘭花也可以將他射中。

僵持了十來秒鐘，木蘭花才冷冷地道：「我們走了，等班奈克醒來之後，你告訴他，不妨仍然想得到那筆殺人獎金，可也別忘了告訴他，他其實根本得不到！」

木蘭花話一講完，立時一拉門，先用力一推，將穆秀珍推了出去，然後立即自己也躍出，將門拉上。

穆秀珍被她一推，跌倒在地，而她自己也伏在地上！

不出她所料，她才伏在地上，「撲撲撲撲」四下聲響過處，門口出現了四個小洞，四顆子彈穿過門，射進了牆中。

如果木蘭花是站在門外的話，那四顆子彈中，一定有一顆或者兩顆會射中她的。

木蘭花身子向外一竄，伸手拉起了穆秀珍，兩人來到樓梯口，飛也似地向下奔去。

一直奔下了五層，木蘭花才停了下來，等升降機。

升降機中並沒有人，她們進了升降機，木蘭花才緩緩地舒出了一口氣來。

穆秀珍搖著手，道：「蘭花姐，我……我……又闖禍了。」

「唉。」木蘭花只是嘆了一口氣，沒有說什麼。

「蘭花姐，你怪我麼？」秀珍又不安地問。

木蘭花將女侍的衣服除了下來，扔在電梯的一角，然後淡淡地道：「你怕我怪你麼？如果你怕的話，你也不會『又』闖禍了。」

穆秀珍滿心慚愧，臉上一陣紅一陣白，說不出話來。

電梯已到了樓下，木蘭花和穆秀珍疾步進了酒店的大廳中，在大廳的人叢中轉了一轉，才從正門奔了出去，奔到酒店的停車場中，又在停車場內兜了六七個圈子。

「蘭花姐，你這是幹什麼？」穆秀珍一面奔，一面問。

「這酒店中的很多人都可能被班奈克收買了，我們要擺脫他們的跟蹤，再度失蹤，再讓班奈克來找我們。」木蘭花說著，在一輛大黑色房車後停了下來。

穆秀珍還想講話，但是木蘭花卻向她作了一個手勢。

她們才在那輛車子後面躲了起來不久，就看到一個穿著酒店侍者制服的男子，急匆匆地走了進來，東張西望，漸漸向她們接近。

木蘭花仍然不出聲，一直等那男子來到近前，才陡地跳了出來，那人想叫時，木蘭花手中的槍已對準了他的胸。

「你來幹什麼？」木蘭花沉聲問。

「我……我……」那男子面上變色，講不出話來。

木蘭花不等他多說，反手一擊，將他打得昏了過去，然後立即後退，用百合匙開了一輛汽車的門，再用百合匙打著了火，揮手令穆秀珍跳上車來，將車子駛出了停車場，在市區大街小巷地走著，經過了四十分鐘，才棄下車子，改搭公共汽車。

她們所搭的公共汽車是向郊外去的，但那是和她們居住的郊外相反的方向，公共汽車的終點，是一個小小的市鎮。

木蘭花和穆秀珍就在這市鎮上的一間小旅店中住了下來。木蘭花一直不說什麼，在房間中一直到天黑，木蘭花才吩咐穆秀珍不可出去，她自己則走了出去。

穆秀珍雖然在簡陋的小旅店中憋得一肚子是氣，而且她也想知道木蘭花究竟去了何處，但這次，她可不敢再擅自離去了。

木蘭花去了沒有多久，只不過半小時左右，她就回來了，她的手中大包小包，提著不少東西，一進門便笑道：「總算不錯，這小鎮中竟然還有我要買的東西。」

穆秀珍最怕的就是木蘭花不出聲，她寧願木蘭花將她痛罵一頓，也不願意木蘭花對著她不作聲，這時她聽得木蘭花又講話了，不禁大喜，忙道：「你買了些什麼？」

木蘭花將手中的東西放了下來，道：「一些最簡單的化裝用品和衣服，秀珍，你的長頭髮要剪掉才行，我們要徹底改裝！」

「那太好了！」穆秀珍喜得拍手。

木蘭花又笑道：「經過這一天的考慮，我覺得你的辦法是有道理的，我們不但要不讓對方發現，而且要積極地去發現對方！」

木蘭花的話，令得穆秀珍高興得臉都紅了。

「當然，」木蘭花繼續說：「班奈克也會採取我們的辦法，一面隱藏自己，一面發現我們，秀珍，這是一場以生命做遊戲的捉迷藏！」

木蘭花的聲音十分嚴肅，穆秀珍也正經地點著頭。

「你，穆秀珍，在今後的幾天內將不存在，你是一個中年婦人，我是你的侄女，我們在市區的鬧市中心租一間房間住下來，然後，我們每天去尋找敵人，直到找到他，將他除去為止。」木蘭花進一步道。

「我明白了，我不會再出差錯了。」

「秀珍，我要使你真正明白，我不願意向警方求助，是因為我們只有兩個人，而對方則是集中了犯罪分子的力量的，只要我們露出一點馬腳來，那麼我們就可能吃暗槍了。所以，任何行動，都必須經過兩個人的同意才能進行。」木蘭花再度叮嚀。

穆秀珍紅著臉，又點了點頭。

兩個人開始化裝起來。一小時後，穆秀珍變成了一個中年婦人，而木蘭花則成了一個鄉下少女，她們偷偷地溜出了小旅店，搭上了去市區的公共汽車。

木蘭花已經知道高翔曾搜過那戲院，她仍然選擇戲院作為她的監視點，是因為她料到，那幫犯罪分子可能仍然在此集會，他們會認為被搜過的地方是最安全的。其次，木蘭花也沒有別的線索可循，班奈克和王達人當然不會再在藍天酒店了，木蘭花甚至料斷王達人已遭毒手了。

木蘭花佈置了三個遠程望遠鏡和自動攝像機，可以從各個不同的角度監視那戲院進出的人。這可以說是十分艱難的工作，因為戲院每一天進出的人有好幾千個！然而班奈克那種瘦長的身形卻是無法改變的，所以木蘭花十分有信心。

使木蘭花信心更增加了兩分的，是她的料斷沒有錯，第三天，報紙上便刊出了「著名私家偵探王達人陳屍荒郊」的新聞。王達人的發財夢醒了，他的生命也完結了！

當木蘭花和穆秀珍兩人看到這則消息的時候，她們都為王達人可惜，因為王達人的確曾經破過幾件相當巧妙的案子，稱得上是一個好偵探的。

一連三天，她們都沒有什麼收穫。

但是她們仍然輪流地注視著望遠鏡，幾乎日夜不息，同時，自動攝像機也幫著她們，將進出戲院的人都拍攝下來。

第四天，穆秀珍在尾場電影散場的時候，看到在湧出戲院的觀眾中，有一個身量特別高而又戴著帽子的人，她立即叫了起來。

木蘭花跳到了另一具遠程望遠鏡前。根據穆秀珍所說的角度去跟蹤，果然她也看到了那人。那人是不是班奈克，木蘭花和穆秀珍兩人都不敢肯定。

但是至少她們是三天來第一次發現了一個像是班奈克的人！

木蘭花看到那人在隨著人群出了戲院之後，走了不多久，便轉進了小巷。轉進小巷之後的情形，木蘭花便看不到了。

木蘭花早已查明戲院附近的地形，這條巷子本來是可以通到街對面去的，但是在那邊巷口卻開了一間鞋鋪，將出路封死了，所以，這是一條死巷。

那人走進去，是一定仍會從這條巷子中走出來的！

木蘭花的心情也不禁緊張起來，她的獵物就要出現了！她調整著望遠鏡，使望遠鏡可見的倍數更大，鏡頭對準了巷口。

過了兩分鐘，那又高又瘦的人果然從巷中走出來了！

穆秀珍首先叫了出來，道：「是他！」

木蘭花心中也叫道：「是他！」

那人戴著一頂帽子和一副黑眼鏡，將大衣的領子豎得很高，這正是班奈克的裝扮，穆秀珍道：「蘭花姐，我們先下手為強！」

穆秀珍一面說，一面已拿起一柄長程來福槍。

木蘭花沉聲道：「先瞄準。」

穆秀珍將槍擱在窗口，對準了下面。

木蘭花再仔細看著巷口的那人，這時，尾場戲散場的人都已離開了，戲院的附近頓時變得十分冷清起來，可是那人卻還不走。

他站在巷口，看情形是在等什麼人。

他完全在射程之內，木蘭花慢慢地揚起手來，穆秀珍聚精會神地瞄準著。

只要木蘭花的手向下一沉，她就立即扳動槍機了，班奈克完全在她的遠程瞄準器的焦點之內，她是一定可以射中對方的！

木蘭花終於倏地沉下了手！

穆秀珍手指一點也不發抖，她穩穩地扳下了槍機，「砰」地一聲響，巷口那人應聲倒地。穆秀珍轉過頭來，道：「射中——」

可是，她只講了兩個字，又是「砰」地一聲響。

那一下槍響，是從對面一幢大廈中發出來的，隨著這一下槍聲，穆秀珍的話頭被打斷，身子突然向後跌倒在地上。

這是木蘭花無論如何也料不到的意外！

剎那之間，她驚恐、惱怒，她感到了失敗的無比的恥辱，她甚至於沒有勇氣去看一看穆秀珍的傷勢，她只是木然站在窗前。

「砰！」第三下槍聲又起了，子彈打碎了木蘭花頭上的一塊玻璃，碎玻璃散了一地，好些濺在木蘭花的身上，子彈在木蘭花頭頂兩吋的地方射過，鑽進了牆中。

這一下槍響，將木蘭花從極度的驚愕之中驚醒過來，她連忙伏下身子，向穆秀珍滾了過去。穆秀珍臥在血泊之中！

她拖起了穆秀珍，打開門，將穆秀珍拖到了走廊上，脫下外衣，將穆秀珍的傷口草草包紮了起來，進了電梯。

在電梯中，穆秀珍醒了過來，她痛苦地道：「蘭花姐，這……究竟是怎麼一回事？」

「快別多說話，我立即將你送到醫院去。」

電梯內幸而沒有別的人，電梯到了最底層，木蘭花拖著穆秀珍，從大廈的後門穿了出去，穿過了一條巷子，她緊貼著牆壁走著，總算未曾再遇到狙擊。

第二天早上，市民都談論著「午夜槍聲」的奇事。這是每一家報紙都登載著的消息，由於事情在不明真相的人看來，可以說神秘莫測之故，是以談論的人都紛紛猜測，但是，當然不會有人可以猜得到事情的真相究竟是如何的。

有一家報紙對這件事的報導最詳細。這家報紙的標題是：

午夜神秘槍聲，男子倒斃巷口。

新聞的內文是：

昨晚接近午夜，正在夜闌人靜之際，本市鬧區突然槍聲三響，清楚可聞，警方聞訊趕至，發現一名男子倒斃××戲院附近之巷口，該男子已查明是有七次犯案紀錄，包括三次嫌疑殺人之累犯胡鋒。

而戲院對面，××大廈電梯之中，地上又發現血漬，追漬而上，發現九樓B座之中有兩粒子彈及一灘血漬，以及多種遠程射擊裝置，及來福槍一支，唯樓中並無一人，陳設簡陋，據業主稱，此屋空置甚久，四日前方始租出，承租者為兩名女子，自稱是侄女嬸母，甫自外地前來云云。

究竟此二人是何身分，三下槍響，是否只有一人斃命，警方正在加緊調查中。

隨著新聞，還有許多圖片，圖片中可以清楚地看到流在地上的一大灘鮮血，從這灘鮮血來看，受傷的人傷勢實是不輕！

當在醫院中的高翔屏住了氣息看完報紙，緩緩地將報紙放下來的時候，他的面色蒼白得像病床上的床單一樣。

坐在病床旁邊的方局長焦急地問道：「怎麼樣？」

高翔仍然不說話。

「事實上，這家報紙的報導還不夠詳細，血漬是在××大廈側的一條小巷中首先發現的，追蹤到大廈的後門，再追蹤到電梯，才找到九樓B座的，她們受了傷之後，一定是立即離去的，她們的傷勢一定十分重，這從失血如此之多這一點上，可以看得出來。」

高翔閉上了眼睛，神情十分痛苦。

方局長驚道：「高翔，你說她們是——」

「一定是她們，一定是蘭花和秀珍！」高翔沉痛地說。

方局長道：「那麼，你是說，她們兩人中，有一個受了重傷，或者是兩個都受了傷？」

「是的。」

「可是奇怪的是，我們一直在調查所有醫院，不知何以一點消息也沒有？唉，她們兩人為什麼不和我們聯絡呢，受重傷的是誰呢？」

「局長，請你讓我靜一靜可好？」高翔一定是心中太焦急了，是以他竟大聲地對方局長叫嚷了起來。

方局長苦笑了一下，不再出聲。

病房中靜下來。

過了五分鐘，高翔才慢慢地道：「請原諒我剛才的失態，方局長，你對這件事究竟有什麼概念？你是到過現場的，我想聽聽你的意見。」

「好的。」方局長站起來，「死者胡鋒，是一個窮凶極惡的凶徒，他至少曾殺過兩個人，但因為沒有證據，是以未被判罪。他的身形高而瘦，和在戲院中襲擊你的人倒很相似，他的心口中槍，立時斃命，他戴著帽子和黑眼鏡，我們無法知道他站在巷口的目的。」

高翔靜靜地聽著，等到方局長的話告一個段落之後，他才道：「毫無疑問，胡鋒是死在木蘭花的槍下的，那麼，射向××大廈九樓B座的兩粒子彈，是在什麼地方射出來的呢？」

「關於這一點，我們直到今日清晨，才從搜查附近的大廈中得到了線索，那是在××大廈的對面，有一個高而瘦的男子，幾天前租了一間房子。突然不告而別，這個男子的行李十分簡單，據同屋住的人說，只有一個長方形的手提箱。」

「唉，那人才是真正的凶徒！」

「是麼？」

「那只是我的猜想，我想，木蘭花和那凶徒是在進行捉迷藏，雙方都要找出對方來。木蘭花監視那戲院，凶徒也知道木蘭花是在監視著戲院，但是他卻不知道木蘭花在什麼地方，他無法進行反監視，因而，他也在戲院附近租下了一間房子——」

「我明白了，」方局長接下去說：「他用胡鋒作替死鬼，要胡鋒在晚上扮成他的模樣，出現在戲院附近，引木蘭花開槍。」

「是的。」高翔黯然回答。

「可是，我還有不明白的地方，」方局長搓著手，道：「就算木蘭花開了一槍，那凶徒又何以知道木蘭花是在哪一個窗口發射的呢？何以他能立即射中兩人？」

「關於這一點，我也不十分明白，」高翔深鎖雙眉，「但是我猜想，凶徒也許有一種對尖銳的聲音十分靈敏的儀器，這種儀器極可能是自動的，槍聲一起，儀器便立即找出了槍聲的來源，立時向槍聲的來源還上了一槍，第一槍發出之後，第二槍當然也可以理解了。」

「木蘭花事先根本不知道這些？」

「當然不知道，那凶徒不但敢當眾向我開槍，而且他還設下了這樣的陷阱，來等候木蘭花上當，唉，這是一個極難對付的凶徒！」

「木蘭花不知怎樣，就算受傷的不是她——」

方局長嘆了口氣，搖了搖頭，講不下去。他當然希望木蘭花未曾中槍，但木蘭花若是未中槍，那中槍的一定是穆秀珍了，他又何嘗希望穆秀珍中槍呢？

高翔掙扎著從病床上站了起來，道：「局長，我要離開醫院開始工作了。木蘭花姐妹的情形如何，我們無法知道，我們必須盡全力去對付凶徒！」

「你的傷勢……」方局長焦慮地搖著頭。

「不妨事的，凶徒已使我們這方至少有兩人受了傷，我們能令他逍遙法外麼。」高翔激動地說著，令得他蒼白的面上也現出了紅暈來！

方局長握住了高翔的手，道：「你可以盡量在辦公室中指揮一切，將實際工作交給別人去做，要不然我不准你出院。」

高翔這時心頭的沉痛，實是難以形容的，因為木蘭花和穆秀珍兩人的情形究竟怎樣，他全然不知，他只知兩人之中，至少有一個受了重傷，也極可能兩人都受了傷。而世上實是沒有什麼再比自己所深深關切著的人下落不明，更令人焦慮的了，高翔這時就是處在這樣的情形之下。

而且，他心中焦急，還有另外一個原因，那就是這次事件中對手的狡猾和厲害！

直到如今為止，高翔還根本不知道各地犯罪集團請來暗殺木蘭花的職業凶手是何等樣人，他甚至還未曾和他見過面！但是，他已被射傷，躺在醫院中，木蘭花和穆秀珍兩人也情況不明。

他們三個人自被稱為「東方三俠」以來，不知經歷過了多少危險的事情，但是卻沒有一次比這次更凶險的！

高翔緊緊地握著拳頭道：「不，我不能聽從你這個命令。」

「可是你的槍傷還沒有好！」方局長大聲叫。

「是的，我的槍傷還沒有好，」高翔也激動地叫著，「可是我至少已得到了幾天的調理，而蘭花與秀珍連調理也得不到，她們可能都負著傷，自己在照顧著自己，在這樣的情形下，除非我是冷血動物，不然我是不能坐在辦公室中的。」

方局長呆呆地望了高翔半晌，嘆了一口氣道：「好的，隨便你吧。你的右手可還能開槍麼？」

「當然能！」

「昨天，上級警局發下來兩柄軍械局新研究成功的火箭槍，每一柄火箭槍中，有二十枚小火箭，可以一次發射五枚，也可以每次發射一枚，射程比普通的手槍遠七倍，缺點是瞄準性能欠佳，反震力強，和容易發生障礙，上面的命令只是叫我們試用——」

方局長未曾講完，高翔已然道：「給我用。」

「我是準備給你用，但是你要小心，我已經試射過了，除非你是站在結實的地面上，不然不要發射，它的後座力會使你跌倒的。」

高翔點頭道：「我知道了。」

他一面說，一面向病房門口走去。

當他來到門口，略略俯身，去拉門把之際，他感到肩頭上一陣劇痛，幾乎令得他呻吟起來，但是他卻忍住了未曾出聲，因為這時他如果表現出受了槍傷之後的痛苦的話，那麼方局長是一定不肯讓他出院，去尋找木蘭花和穆秀珍的下落的。

高翔拉開了門，向外走去，走廊上的護士都奇怪地望著他，高翔故意大聲道：「咦，你們都望著我幹什麼，我是科學怪人麼？我出院了。」

醫生值日室中立時奔出了兩個醫生來，攔住了高翔的去路，道：「不可以，高先生，你如果不小心治療，你的左臂可能會終生殘廢！」

高翔「哈哈」地大笑了起來，道：「我說要出院，就是要出院了，你們當我是一個衰弱的傷者麼？我讓你們看看！」

他的情緒顯得有點異常地激動，他陡地揚起左手來，搭住了一位醫生的肩頭，猛地向旁一扳，那醫生被他扳得一個踉蹌，向旁跌了開去。

高翔哈哈笑著，向前連跨出了二步。

他雖然將那醫生扳得向旁跌了開去，可是他自己一用力，牽動了傷口，卻也感到一陣劇痛，令得他額上不斷滲下汗珠來。

他快步地向前直走了出去，不再理會身後的非議和叫嚷，他來到醫院大門口，不顧停在醫院門口的警車上警員的驚愕，上了警車，道：「回總部。」

司機剛回過頭來，高翔不等他開口，便道：「快……快回總部去。」

高翔在十五分鐘之後，便到了他的辦公室，一進辦公室，還未待坐下來，便連連地按動他桌上對講機的鈕掣，一連按了七八個。

然後，他才坐了下來，道：「各單位的負責人，可以聽到我講話麼？」

七八具對講機中都傳出聲音來，道：「聽到！」

有的更加上一句：「高主任，你的傷勢已經痊癒了麼？」

高翔嘆了一口氣道：「沒有，我沒有痊癒，但是因為形勢的險惡，所以我更需要各位充分的合作，軍械保管組組長，請你將兩支火箭槍拿來給我。」

「是！」一具對講機中傳來回答。

「偵查科長，和所有的探員去調查一切醫院、醫療所或醫生住宅，務必要找到受了傷的木蘭花和穆秀珍為止——」

高翔講到這裡，頓了一頓，心中又是一陣難過，然後他又道：「這個任務極端秘密，內部人員之間也不得相互談論。」

「是！」又一具對講機中的人回答。

「其餘各部門人員須保持最佳的配合。」高翔講到這裡，辦公室外已有人在敲門了，高翔關上了所有對講機的掣，才道：「進來。」

軍械保管組長推門而進，手中捧著兩只盒子。他走了進來，將盒子放在辦公桌上，打了開來。

高翔低頭看去，盒子所盛的特種火箭槍，看來和普通的一般小手槍沒有什麼分別，只不過槍口特別細長。在槍旁，是兩排二十枚，只有半支香煙那麼大小的火箭。

高翔皺了皺眉頭道：「這玩意的殺傷力——」

「可以殺死在一百碼之外的公牛。」軍械組長回答，同時他拉下槍柄，將二十枚小火箭推進去，又指著一個掣道：「這個掣推上去，是逐枚發射的，拉下來，每扳動一次槍機，就發射五枚，那時，後座力也大五倍，是一個大缺點。」

高翔將火箭槍接了過來道：「希望不要自己傷了自己，嗯——陳組長，你可以幫我一個忙麼？」

「當然可以。」軍械組長以懷疑的眼光，望著高翔。

高翔向自己還吊著綁帶的右肩指了指，道：「請你替我準備一件比較寬大的上衣，使我可以將繃帶掩飾起來，沒有那麼礙眼。」

「好的，可是——為什麼？」

「我要去見一個人。」

「高主任，你一個人去？」

「是的。」高翔抬高了頭，深深地吸了一口氣。

軍械組長的臉上，現出了極其擔憂的神情來，他顯然是想勸高翔，但是高翔則不等他開口，便道：「請你快去吧！」

本來，高翔是警方的特別工作組主任，他的地位未必會在各科長、各組長之上，但是由於他工作表現的出色以及他的勇敢，使他贏得了全體人員的敬愛，像如今這樣，他請陳組長為他去準備一件上衣，陳組長是絕不會以為高翔是小覷了他的。

五分鐘之後，高翔穿上了一件花呢上裝，那件寬大的上裝，的確令得他紮著繃帶的地方看來不那麼礙眼了，但是，他那蒼白的臉色卻不是任何衣著所能遮蓋的。

他將一柄火箭槍放在褲袋中，又將一柄放在上衣右邊的袋中，他向外走去，一路上有人向他打招呼，他到了警局的門口，陳組長仍然跟在後面。

到了門口，陳組長實在忍不住了，道：「高主任，你要一個人去，你如何駕車呢？如今，你的左手分明不聽使喚！」

「如果我連開車也不能，」高翔苦笑著，「我又何必前去？我要前去見那個人，不知會有什麼樣的凶險事情發生哩。」

「高主任，請告訴我，你去什麼地方？」陳組長幾乎是在懇求了！

陳組長這種近乎懇求的語氣，令得高翔十分感動，他嘆了一口氣，道：「不是我不肯告訴你，而是人多了一點用處也沒有，反而容易壞事！」

陳組長只得道：「你多保重！」

高翔點著頭，登上了一輛汽車，他雖然只剩下一條手臂可用，但是駕車的技術則是一點也不遜色，車子滑出了警局的大門。

陳組長還未曾轉過身去，一個人便從樓梯轉角處閃了出來，他是偵察科長，他問道：「高主任到什麼地方去？我們必須保護他！」

「他不肯說。」

「我們進行追蹤！」

陳組長連忙點點頭，兩人一起折回辦公室去了。

汽車向前迅速地行駛著，高翔感到肩頭上的疼痛似乎不如剛才出醫院時之甚了。

當然，在那麼短暫的時間內，傷勢是不會好轉的，但是高翔因為知道自己將要去做的事情不會順利，可能還要以負傷之身，經過劇烈的打鬥才能見到自己要見的人，所以，這時候他是絕不能感到疼痛的。

如果連這時候也感到疼痛的話，他如何還會有行動的勇氣？而他必須要有勇氣。

因為，他要去見甘八。

高翔已可以料定，以甘八在本市犯罪組織的地位而論，他是絕不會不參加這次佈置「殺人獎金」的事情的。各地犯罪分子雲集本市，說不定就是甘八發起的，而那個神秘、狡猾、凶狠的凶手，極可能就是甘八請來的，所以他必須去見他。

當然，去見老奸巨猾的甘八，是一件十分危險的事情，尤其，當甘八正策劃著謀害木蘭花，而他自己又受了傷的時候，事情加倍危險，但高翔卻必須去，他必須這樣做。

除了這條直接而凶險的路之外，他已別無線索了！

7 空城計

高翔的面色雖然蒼白，但是他面上的神情卻極其鎮定，在那種鎮定的神色中，更可以看出他對於自己行動的堅強的決心。

車子駛上上山的道路，穿過了兩旁全是峭壁的一條路，在兩扇巨大的鐵門之前停了下來，那鐵門的旁邊，掛著一塊牌子，寫著「甘寓」兩個金字。

甘八在名義上是本市極有地位的一個殷商，他住宅之豪華富麗在本市也是出名的。從那兩扇高大的鐵門望進去，是一條繼續通向山上的私家路。

然後，在一百碼開外，才是一幢古色古香的三層建築物，和打理得欣欣向榮的花卉樹木，在屋前，有一個很大的水池和兩股噴泉。

那種豪華的住宅，是一般升斗小民夢中的天堂，也許他們做夢所做到的，還不及這住宅中實際享受的十分之一！

高翔停下了車子，按了幾下喇叭。

一個穿著制服的司閽出現在鐵門口，用冷冷的眼光望著高翔。

「找甘八爺。」高翔的回答十分簡單。

「先生和八爺事先有約定麼？」

「沒有，我叫高翔，高下的高，飛翔的翔，你去告訴你主人，他一定會見我的，別忘了告訴他，我是一個人來的！」

那司閽疑惑地望了高翔一眼，轉身走進了鐵門旁的一幢小屋子，高翔耐著性子等著，足足過了十五分鐘，才看到那司閽又走了出來。

他並沒有說什麼，只是在門旁轉了轉一個鍵盤，電控制的大門便迅速地打了開來，高翔驅車直駛了進去。

他的車子才轉過那個水池，便看到甘八站在房子的門口石階上。

高翔停下了車子，打開車門，從車中跨了出來。

他的行動竭力維持著從容，因為他不希望對方看出他傷勢未癒，可是甘八卻不愧是一個老奸巨猾的狐狸，他一面搓著兩顆翡翠球，一面「呵呵」笑道：「高主任，少見啊。」

高翔向石階上走去，道：「不請自來，是個惡客。」

甘八道：「不，不，高主任槍傷未癒，肯來探我，我是歡迎至極的，高主任，我們上次見面到現在，已有好幾年了。」

想起上次和甘八見面的情形，高翔心中的勇氣又增加了些。那時候，高翔還未曾改邪歸正，他曾經以黑吃黑的手法，將甘八運來本市的一批走私貨吃沒，後來甘八找人來和他談判，高翔了無所懼，甘八的威逼利誘都無奈他何。

從那次之後，高翔便再沒有和他會過面，當然，如今的高翔已不再是當年的高翔了。

「是啊，」高翔說：「有好幾年了，現在你還恨我麼？」

「交個朋友，高主任，」甘八奸笑著，「這些年來，你果然將我當作朋友，我不但不恨你，而且還相當感激你哩！」

高翔的心中不禁暗叫了一聲：好厲害！甘八這樣說法，分明是想高翔默認，警方不來找他的麻煩，是因為高翔在暗中維護著他，看來是不著邊際的一句話，事實上是可以將高翔拖進渾水之中的！

事情的真相當然不是那樣，警方之所以不來找甘八的麻煩，是因為甘八行事小心，一點證據也沒有，暫時奈何他不得而已！

高翔立時冷冷地道：「八爺，那你可想錯了，這要感激你自己的調度得宜，行事小心，和我高某人又扯得上什麼關係？」

甘八「呵呵」笑著，道：「請進來坐。」

他側身一讓，高翔便向大廳走了進去，當他的雙腳踏在軟綿綿的波斯地毯上的時候，他的心頭也不禁怦怦亂跳了起來。

大廳中有八個穿著跟班制服的人垂手而立，看來他們只是僕人，但是高翔一眼就可以看出這八個人，個個是技擊高手。

高翔來到大廳中，和甘八面對面坐了下來。

「八爺，」高翔開門見山，道：「我想請你介紹認識一個朋友，不知你肯不肯？」

「請說，請說！」

高翔伸手向自己肩頭一指道：「你明白了？」

甘八搖了搖頭，表情十足道：「我不明白。」

高翔若是未曾和老奸巨猾的甘八打過交道，這時見他居然賴得一乾二淨，自然要大光其火了，可是他卻知道甘八的脾氣，不到無可抵賴時，他是絕不肯承認的。

高翔本來也沒有確實的證據，可以證明這個兇手是甘八收買來的，但是他手中有著一張王牌，那便是落入他手中的李特。

是以他冷笑了一聲，道：「八爺。有一件事情，你要引以為憾的，那便是在你的立場而言，李特實在是一個十分卑鄙的小人！」

甘八的手指停止了動作，面上的神色也變了一變，道：「這是什麼意思？李特是什麼人？我聽到過他的名字麼，嗯？」

「甘八！」高翔老實不客氣地直呼其名，「不管你在社會上的地位多麼高，交遊多麼廣，但是李特的供詞卻可以使得你下半生出不了監牢！」

高翔此際身在虎口之中，他對甘八講那樣的話是極其危險的，如果甘八一橫心，起了殺機的話，他死也是白死！因為實際上，他並沒有掌握任何可以使甘八入獄的證據，他擺的是「空城計」。

甘八陰森森地望著他，高翔的面上則帶著傲然的冷笑。

在別人看來，高翔一定是胸有成竹，毫無所懼的了，卻不知道高翔外表的鎮定全是強裝出來的，為了維持他面上那種「高傲的冷笑」，他面上的肌肉都幾乎發硬了！

僵持了好一會，就在高翔感到自己快要支持不住的時候，甘八突然「哈哈哈」地大笑了起來，甘八的笑聲更令得高翔幾乎沉不住氣！

他欠了欠身子，已經準備應付非常的局面了。

但是也就在此際，只聽得甘八止住了笑聲，道：「看來，你是想找一點外快花花了，哈哈。江山易改，本性難移，當真不錯。」

甘八一開口講了那樣幾句話，高翔大大地鬆了一口氣！他知道，甘八心虛了，要向自己妥協了，可是這個老狐狸卻是以為自己要在他的身上弄一些外快花花！高翔只是連聲冷笑，再不出聲。

「好了，爽快一些吧，你要多少？」

「我只要一個。」高翔冷冷地回答。

「什麼一個？」甘八驚愕地反問。

「一個人，我要你介紹我認識一個人。」高翔將話題轉回到原來的地方。「我不要什麼錢，只是要找一個人！」

要形容甘八這時候的神情，是十分困難的，他看來憤怒而又焦急，從他眼中的殺機看來，他心中早已起了欲置高翔於死地的念頭，但是他卻偏偏又有顧忌，不敢對高翔下手，他的手指緊緊地捏著那兩顆翡翠球，發出「格格」的聲音來。

又過了半晌，甘八才道：「好吧，什麼人？」

「就是在戲院中向我開槍的那個人，甘八！」高翔一字一頓，語音十分凝重，「也就是你們要他殺死木蘭花的人！」

甘八突然問道：「木蘭花已經死了，不是？」

高翔的心中感到一陣難過，但是他卻面如鐵石，冷笑道：「如果你以為木蘭花那麼容易殺死，那就大錯特錯了。」

甘八「嘿嘿」地笑了起來，道：「那麼死了的是誰？」

「沒有人死。」

「誰受傷了？」甘八緊逼著問。

甘八顯然是知道所發生的一切，如果對他說沒有人受傷，那麼他一定連「木蘭花沒有死」這句話也不相信了，所以高翔道：「傷的是穆秀珍，你的凶手不怎麼中用，他沒有射中木蘭花，也沒有人致命。」

甘八突然又問道：「你是怎麼知道的？」

甘八真的是一頭老狐狸，他竟然料到木蘭花在出事之後，可能根本未曾和高翔見過面，如果高翔在這個問題上稍呆了一呆的話，那麼便會看出破綻來了！

然而高翔也是極其機警的人，他毫不猶豫，便「哈哈」大笑了起來，道：「甘八，你多少讓我也保留一點秘密，好不好？」

甘八乾澀地笑了起來。

這時候，高翔已經知道，自己傾全力尋找木蘭花姐妹的努力顯然是白費了，木蘭花是絕不會被警方人員找到的。

木蘭花的下落，不但是警方人員，還有甘八手下大大小小數千個爪牙，他們急欲知道凶徒狙擊的結果，他們也想找到受了傷之後的木蘭花！

如果警方人員找得到她們，那麼甘八的手下一定也找得到她們的，這樣，她們便會變得十分危險了。

從開始直到現今木蘭花仍然毫無信息這一點來看，木蘭花似乎並未喪失她的機智，她仍然可以躲起來不被任何人找到，這使得高翔的心中多少有點安慰。

甘八狡猾地笑了起來，高翔催促：「為你自己著想，你應該將那個雇來的凶手交出來了，我可以給你一個期限。」

「這是沒有辦法的事情，」甘八沉吟了一下，「明人眼前不說假話，這個人的來歷，我也不清楚，他是單獨行動的。」

「你怎樣和他聯絡？」

「是他和我聯絡，不是我和他聯絡。」

「甘八，」高翔站了起來，進一步地恐嚇他，「別以為警方不會採取行動，你要保全自己，就不能再保全那個凶徒！」

甘八「嘿嘿」地乾笑著，攤了攤手，道：「我明白，我的確沒有法子做到這一點，如果警方要找我麻煩的話，相信我也有力量周旋的！」

高翔冷笑了兩聲道：「你不妨多考慮一下！」

甘八的神態這時已完全恢復了奸詐陰森，他搖頭道：「我不必考慮，我看還是你去考慮一下的好，我出手一向是闊綽的，你知道。」

高翔的心中十分懊喪，他冒險來見甘八，竟然一點結果也沒有。雖然從表面上看來，他似乎沒有什麼危險，可以安然而退，但是，他已在甘八的神情上知悉甘八是遲早會將他除去了，也就是說，他今後將要加倍小心，提防凶徒的暗算！

此行當真可以說得不償失之極！

高翔轉過身，向外走出去，甘八一直冷冷地跟在他的後面，直到目睹他的車子出了鐵門，他才轉過身子來。

他才一轉過身來，便撥動他手中的翡翠球，其中一顆「啪」地一聲裂了開來，變成了兩半，在球中有著許多按鈕。

甘八按動了其中的一個，一張沙發向旁移了開去，一張椅子從地洞中升上來，椅上坐著一個人，高而瘦，戴著黑眼鏡。

那人正是班奈克。

班奈克站了起來，冷冷地道：「要我連他也解決掉？」

「當然要，」甘八恨恨地道：「但首先要解決木蘭花，她沒有死，你聽到了，高翔還曾和她見過面，而且還會再見面。」

班奈克晃動著他高而瘦的身子，向外走去，道：「你們所開的支票是一個月期的，如今便來埋怨我，未免太早一些了。」

「當然，我不是埋怨你。」甘八連忙解釋。

在門口，班奈克又停了一停，發出了一下陰冷的冷笑聲。那種冷笑聲，連老奸巨猾的甘八聽了，也覺得極度的不舒服。

甘八望著班奈克的背影，心中卻又另外有了念頭……

高翔駛著車子，出了大鐵門，才轉了一個彎，便意外地發現草叢旁埋伏著不少警員。高翔嘆了一口氣，那是沒有用的。

他不怪他的同僚，因為這事情本就是那樣地凶險。

他慢慢地停下車子來，偵察科長從埋伏的地方迎了出來，道：「高主任，你安然出來，我們總算放下了心中的一塊大石。」

「如果我不出來呢？」

偵察科長呆了呆，的確，如果高翔不出來呢？他們仍然是不能衝進去的，因為甘八是商界名流，是在社會上極有地位的人！

高翔拍了拍偵察科長的肩頭，道：「我們回去吧，看看可已有了木蘭花的消息？」

大隊警員開始撤退，高翔和偵察科長同車而行，回到警局去。

他們都沒有注意到，在峭壁上，有一個人用遠程望遠鏡在監視著高翔的車子。

那人是班奈克。

當他在望遠鏡中看到高翔的時候，他原是可以一槍輕而易舉地射中高翔後腦的，但是他卻未曾開槍。

連高翔自己也不知道，他剛才所講的那幾句有關木蘭花的話，使得他免於這時被班奈克所狙擊，班奈克這時不開槍，是因為要先在他的身上得到木蘭花的下落。

他抄峭壁上的一條小路下山，反倒趕在高翔的前面，他在半途上已換上了一套鄉下人的裝束，頭上戴著一頂大草帽，騎著一輛自行車。

那輛自行車看來十分殘舊，在向前去的時候，發出「支格」、「支格」的聲音來，所以當高翔的汽車趕過了這輛單車的時候，高翔根本未加注意。

高翔自然更不知道，那輛看起來如此殘破的單車，實際上是隱藏著超小型的高性能引擎，和大量的壓縮燃料，它可以在極壞的路面上達到時速一百二十米的高速。

班奈克跟在高翔的警車之後，離得高翔相當遠，一直到警局。然後，他和甘八的幾個手下聯絡，將警局的幾個出路全都圍住。

高翔卻不知道他自己受到了那樣嚴密的監視！

他回到辦公室之後，最關心的，自然是木蘭花的下落，然而正如他所料，所有人的努力都白費了，他們找不到木蘭花。

木蘭花和穆秀珍究竟到哪裡去了？她們的近況如何，這是匪徒方面和警方都亟欲知道的事情，但是卻沒有人可以獲知一鱗半爪的消息。

木蘭花和穆秀珍像是完全消失了一樣！

對木蘭花來說，扶著受傷的穆秀珍，自大廈後巷中逃出去，那是她一生中最困苦焦急的時刻。一則由於穆秀珍身受重傷，這是一件完全意外的事情，令得木蘭花的心中既焦急又難過；二則，她知道敵人就在近側，而且定然是居高臨下的。

那也就是說，如果她在退卻的時候，不小心被敵人發現了蹤跡的話，敵人一定會追蹤而至，或仍然在遠處向自己發射的。

所以，木蘭花是緊靠著高牆，一步一步向前小心翼翼地走出去的，當她穿出後巷，來到街口之際，她才輕輕地鬆了一口氣。

穆秀珍剛才曾經清醒過一陣，但這時，又因為傷重和出血太多而昏了過去，她完全軟垂在木蘭花的身上。

這時，已經是午夜了，街道上十分寂靜，等了片刻，木蘭花未見有什麼特殊的動靜，這才走到她早已準備好的車子之旁，將穆秀珍放好在車廂中，駛車疾馳而去。

本來，在這樣的情況下，木蘭花是應該立即將穆秀珍送到醫院去的，因為穆秀珍雖然未立時斃命，但如果失血過多的話，一樣是會送命的。

當木蘭花扶著穆秀珍，從電梯中下來之際，她的確是打了主意，準備將穆秀珍立時送到醫院中去的。可是在這時，她卻改變了主意。

因為這時候，她已在極度震驚的情形之下，慢慢地鎮定了下來。

她考慮到不論去找什麼醫生，或是到任何醫院去，警方都會立即知道的。警方一知道，班奈克也一定會知道的，那就是說，在穆秀珍受了重傷之後，她們仍然逃不脫班奈克的監視！

木蘭花已經失敗了一次，這次失敗的結果，是穆秀珍身負重傷，可以說，這是木蘭花一生之中，最嚴重的一次失敗。

她實在是不能再經受一次失敗了，因為她無法想像，如果再有一次失敗的話，會造成怎樣的結果。所以，她必須盡一切可能去避免自己的行蹤被班奈克知道，只有在班奈克全然不知她們下落的情形下，她才有可能從極度的劣勢中扳回優勢！

木蘭花在替穆秀珍草草包紮傷口的時候，已經知道子彈是穿過了穆秀珍的身子的。雖然那樣的傷口，失血更多，但是在治療上，則不必先將子彈取出來，那也就是說，一位有經驗的中醫，也可以將穆秀珍的傷勢治療痊癒的。

她在開動車子的時候，便已經作了這個決定。

所以，她不是去醫院，而是將車子開到了一條十分冷僻的路上，在一幢小小的房子面前，才停下車來。

那房子是屬於一位姓汪的中醫師所有的，那位汪老先生，算起來是木蘭花的父執輩，木蘭花稱他為世伯，木蘭花可以完全信任他。

而且，木蘭花知道汪老先生的子女全大了，離開了父母，這幢屋子只有汪老先生兩夫婦居住著，可以說是一個最秘密的所在了。

當木蘭花停下車子，按著電鈴，五分鐘後，汪老先生披著衣服出來開門的時候，穆秀珍曾醒過一次，但隨即又昏過去了。

木蘭花一看到汪老先生，便道：「汪世伯，秀珍受了槍傷，子彈不在她的身內，但是她流血很多，你有把握醫治她麼？」

汪老先生先是吃了一驚，但是醫者特有的鎮定使他立即冷靜下來，他反問道：「為什麼不送她到醫院去？那更安全。」

「我們不能給任何人發現我們的行蹤，所以不能去找任何別的醫生，汪世伯，你必須幫我們，我找不到別人了！」

汪老先生深深地吸了一口氣才道：「好的！」

木蘭花連忙來到汽車旁，將穆秀珍扶了出來，汪老先生走過去幫助木蘭花，等到兩人扶著穆秀珍，一起走進了屋子的時候，穆秀珍的傷口又開始出血，她的半邊身子都紅了，汪老先生將她放在一張床上，又叫醒汪老太太，他立即振筆疾書，開了一張方子，令汪老太太叫開藥店去配藥。

木蘭花則走過去打電話。

她的電話是打給馬超文的，由於是午夜，電話鈴響了許久才有人來接聽，又等了許久，馬超文的聲音才響了起來：「什麼人？」

「是我，木蘭花，請你維持鎮定。」

「是不是……秀珍出了事？」馬超文立時敏感地問。

「是的，她受了傷，我不能終日看護她，我想，你來照顧她幾天，等她的傷勢有了起色之後，你再離開，做得到麼？」

「當然做得到，可是，你為什麼不將她送到醫院去？」

「因為我們的行蹤必須嚴守秘密，連你的行動也必須絕對秘密，我給你地址，你要不動聲色地前來，如果發現有人跟蹤，你必須先將之擺脫，我可以告訴你，秀珍的傷不輕，但是她的性命是絕對沒有問題的，你不必緊張。」

「是的，我知道。」馬超文回答著。

木蘭花放下了電話，回到房中，她看到汪老先生正在用溫水洗刷穆秀珍的傷口，傷口十分深，汪老先生用金針刺了傷口附近的穴道，血已被止住了，這種已震動世界的神奇醫術，這時果然發揮了奇妙的效能。

穆秀珍面白如紙，但是氣息甚順，她雙眼似開非開，似閉非閉，看來已從昏迷狀態中慢慢地醒過來了。

等到汪老太太回來之後，馬超文也趕到了，汪老先生將虎骨粉灑在傷口上，又將傷口小心地紮了起來。再吩咐汪老太太煎藥。

這時候，穆秀珍已完全醒過來了。

她慢慢地睜開眼來，看她面上的神情，分明是在她剛睜開眼來時，還是什麼都看不到的，漸漸地，她緩緩地轉著頭，目光停在木蘭花的身上。

又過了好幾分鐘，她才抖動著嘴唇，低聲地叫了出來，道：「蘭花姐，我……我是在什麼地方？我……還活……著麼？」

在床邊的馬超文已經哭了出來，可是聽了穆秀珍的話之後，他又忍不住「噗嗤」笑了出來道：「你當然活著，你當然活著！」

穆秀珍緩緩轉動著眼珠，看到了馬超文，她無力地叫了一聲：「超文！」然後她又道：「這……究竟是怎麼一回事？」

木蘭花站了起來，道：「秀珍，這究竟是怎麼一回事，到現在為止，我還不十分明白，我一定盡量設法為你報仇，秀珍，你什麼也不用管，我替你叫來了馬超文，他會陪著你，汪世伯一定可以令你痊癒的，你在這裡靜養！」

穆秀珍閉上眼睛，點了點頭，然後又嘆了一口氣，道：「這一次，我……就是想不聽話也不行了，蘭花姐，你放心好了。」

木蘭花嘆了一口氣，穆秀珍再沒有說話，那自然是她的身子衰弱到了極點，根本連講話的力氣都沒有的原故。

一小時後，穆秀珍服下了藥，沉沉地睡著了。

眾人仍然守在床邊，一直到天亮。

汪老先生不住地按著穆秀珍的脈息，直到第一線陽光射進了屋子，他才鬆了一口氣，道：「我看，她不會再惡化了。」

汪老先生的話，令得大家的心頭都放下了一塊石頭。

木蘭花向馬超文作了一個手勢，兩人悄悄地退了出來。

木蘭花在客廳中踱了幾步，才道：「超文，我將秀珍交給你了！」

馬超文道：「你——」

「我去找傷她的人，超文，我可能不再到這裡來，直到我除去了我要除去的人為止，我走之後，你和秀珍兩人絕不能打電話和出門，你們住在這裡，必須保持極端的秘密，任何疏忽都足以惹來殺身之禍，你可別當兒戲！」

由於木蘭花的聲音特別嚴肅沉重，是以馬超文緊張得手心中不由自主地滲出冷汗來，他不住地點頭，道：「我知道了。」

木蘭花來到門口，打開門，讓朝陽照在她自己的身上，深深地吸了一口氣，昨天晚上的失敗曾經令她沮喪，但是卻不能打擊她的信心。這時，她沐在朝陽之中，她只覺得鬥志昂揚！

整個事件發展到現在，雖然她一直處在劣勢之中，但是到如今為止，可以肯定的一點是，班奈克一定不知她的下落。那也就是說。她未曾徹底失敗，她還可以反敗為勝！

木蘭花在門口站了片刻，又折了回去，她換上了一套老太太的衣服，將頭髮挽了一個髻，又套上了一個髮網，然後在臉上和手上進行了簡單的化裝，這樣，她看來便像是一個中年婦人了，她又戴上了一副眼鏡，才從汪家的後門走了出去。

她在街道上走著，買了幾份報紙，然後在一個小公園的長凳上坐了下來，翻閱著報紙上有關昨晚事件的記載。

她知道自己昨天晚上的退敵成功了，沒有人知道她如今在什麼地方，她甚至可以肯定，班奈克一定急於想知道昨晚的傷者究竟是什麼人！

木蘭花合上報紙，閉上了眼睛。直到這時，她的腦筋才算得到了休息，可以冷靜地將發生的事情仔細地想一想！

穆秀珍的傷勢是沒有問題了，可以暫時撇開一邊，如今所要檢討的，是昨天晚上的事情不知究竟是怎樣發生的？

為什麼穆秀珍只向巷口那人開了一槍，立時便接連有兩槍準確地射了進來，其中第一槍並且射中了穆秀珍呢？

木蘭花已經知道在巷口死去的那人，只是身材酷似班奈克的犯罪分子，而不是班奈克，那麼，接連放這兩槍的，一定是班奈克了！

那也就是說，班奈克也料定木蘭花會監視戲院，所以他便進行反監視，但是他不知木蘭花在什麼地方，所以才令人假扮他自己，引木蘭花先動手！

至於穆秀珍的槍聲響後，班奈克立即知道了她們的準確所在，木蘭花推測，班奈克一定有著極其精密的聲音方向探測器，也就是聲波反應器的原故，極可能聲波反應器是連結了自動發射的設備，這或者就是第一槍來得如此之快的原因了。

木蘭花一直閉著眼睛，養了好一會神，才又站了起來。

在那一段時間中，她只是休息著，而當她沿著公園，慢慢地向前走著的時候，她才又開始動起腦筋來。她知道，班奈克若是拿不出切實的證明自己死在他的槍下的話，那麼他一定是拿不到殺人獎金的，所以，他必須要找尋自己。

他要找自己，當然要從醫院著手，那不會由他親自出馬的，他自己也不會高枕無憂，因為事情已鬧開了，他一定不想事情再擴大，而是希望快點拿了錢離開這裡，他就必須有所行動。他將循哪條路線來尋找自己呢？

木蘭花踽踽獨行，仍然不斷地在想著：如果易地而處，自己是班奈克，那麼，自己會怎樣做呢？一定是先從警方人員處著眼！

木蘭花的心中陡然一憂，班奈克會以為自己會向警力求助，他不找尋自己的下落則已，若要找尋，那必然會在警方人員的身上著眼，而高翔當然是警方人員中的最大目標！

木蘭花已經有了進行的目標，她要設法使自己秘密地藏在高翔的附近，因為她料定班奈克也會在高翔的附近，希望發現自己的。

木蘭花在一家茶麵店中吃了早餐，才到高翔養傷的那個醫院中，可是，高翔卻已經出院了，木蘭花無法知道高翔去了何處。

她從醫院中出來，到了警局，高翔是不是在警局中，她不知道，但是她卻在一個十分妥當的地方，監視著警局的大門。

那時，高翔正在甘八的家中。等到高翔自甘八的家中出來，回到了警局之際，木蘭花是看著大隊警員和他的車子一起駛進去的。

高翔自然不知道木蘭花就在附近。

木蘭花那時在警局對街的一個巷口。

那個巷口，本來是一個修補衣服的小攤位，木蘭花給了那修補攤的婦人一些錢，吩咐她千萬不可出聲，暫時離去，由她坐在這裡，木蘭花的理由是，她有一個做小偷的兒子從警局發解，她希望看他一眼。

所以，當木蘭花用十分動人的聲調講完她的故事之後，那婦人是含著淚離去的。木蘭花在一張凳子上坐了下來，順手拿起了一條褲子。

她是低著頭的，任何人看來，她都是在從事著織補的工作，但是事實上，她低著頭，則是在注視著籃中的幾個小鏡子。

利用折光原理，她在那幾面小鏡子上，可以清楚地看到警局周圍的情形，她看到便衣人員不斷地進出著，也看到了警車呼嘯地來去。

過了十分鐘左右，有一輛自行車從轉彎處轉過來。

那輛自行車才一在小鏡子上出現，便引起了木蘭花的注意，因為這和普通的自行車不同！

可是，當木蘭花想更進一步看清那輛車子和騎在車子上的人時，車子卻突然轉過街角去了。

木蘭花知道那輛車子一定有古怪，但是她卻不追上去看，因為那樣的話，她的目標就暴露了，她只耐著性子地等著。

8 插翅難飛

在木蘭花這段等候的時間中，高翔辦公室中的電話響了起來。

一位警官拿起了電話聽筒，將它湊在高翔的身邊，高翔沉聲問：「誰？」

「是你要找的人。」那是十分陰森的聲音。

高翔立即作了手勢，兩名警官立時走出去調查電話的來源。

那陰森的聲音又道：「高先生，聽說你在找我，是不是？」

「是的，我在找你。」

「很好，我也想見見你，你到秀水路來，我在那裡等你，當然，要有一個條件，先要你敢來，如果不敢，那就算了！」

「答」地一聲，電話收線了。

一個警官衝進來。「主任，電話是在街轉角的雜貨鋪打來的，方警官已帶人出去圍捕了，這凶徒好大的膽子啊！」

「唔，」高翔點點頭，「捉不到他的了。」

那時，在警局大門對面的木蘭花，看到一個警官和好幾個警員一起衝了出來，直向轉彎一處奔去，但是過不多久，卻看到那些警員折了回來。

木蘭花知道有一些事要發生了，她放下籃子，站了起來，走出了幾步，將停在街邊的一輛小汽車的門，用百合匙打開，並且打著了火，又退了回來，那樣，她就可以隨時使用這輛車了，她相信會用得到的。

那輛汽車當然不是木蘭花的，然而在如今這樣的情形下，她也只好不告而取，暫時借來使用一下了。

沒有捉到打電話的人，是高翔意料之中的事情，雜貨鋪中的人說，借打電話的是一個高而瘦的人，打完電話之後，是騎著一輛自行車走的。

高翔知道那人就是凶徒了。

高翔轉過了旋轉椅子，他背後的牆上是一幅巨大的本市全圖，秀水路在近東郊的地方，可以說是極其冷僻的小徑。

那條小徑的一邊全是山崖，另一邊則是一家養老院的高牆，凶徒約在這裡相會，究竟是什麼意思？自己是去，還是不去？

如果去的話，又應該如何去法？是帶人前去埋伏，還是隻身前往？

他考慮了片刻，才轉過身來，在他的辦公桌前，已有幾位警官在聽令。

「秀水路，」高翔吩咐，「派人去將這條路的兩端封死，派便衣，行動盡量小心，別露痕跡，注意一個高而瘦，騎自行車的人。」

「是！」兩個警官退了出去。

「替我準備防彈車，由我自己駕駛，任何人接近我，都是十分危險的。」高翔繼續吩咐著，從他的座位上站了起來。

他走到了門口，又回頭向那幅地圖看了一眼，喃喃地道：「秀水路，秀水路……」一面說著，一面快步地向外走了出來。

當他駕駛的防彈車駛出警局大門的時候，木蘭花也立即跳上那輛汽車，跟在他的後面。

這時候，木蘭花從那輛看來十分惹眼的自行車轉過街角，以及警官奔向街角又回來，接著，大批便衣離開警局等一連串事情加以連結，她已知道一定是有什麼人在街角打了一個電話給高翔，約他到什麼地方去見面的。

那打電話給高翔的是誰？難道就是班奈克？

木蘭花技巧地跟在高翔的車後。

事實上，高翔這時只注意著前面，並未曾注意車後，他在想：從警局到秀水路的路程十分長，凶徒打完了電話，上了自行車，如果他不換別的工具，那麼自已有可能半路上就碰到他，所以高翔將槍取了出來，放在腿旁。

高翔未曾想到的是，那輛自行車是特別製造的，它可以達到極高的速度，在高翔還未來到半路，便衣探員也未曾趕到時，它已經到了。

班奈克將車子放在山腳下，用雜草蓋了起來，他自己則爬上了峭壁，伏了下來，居高臨下地對著那一條只不過兩百呎長的短路。

他同時在他的長程來福槍中，裝好了子彈，以他的射擊技術而言，他處在這樣有利的地位，可以打中停在這條路上的任何痲雀！

班奈克並沒有和高翔見面的打算，他之所以甘冒危險約高翔到這裡來，是他假定高翔真的知道木蘭花的下落。如果高翔知道木蘭花的下落，那麼在這樣的情形下，是一定會邀木蘭花一起來的，班奈克的目標並不是高翔，而是木蘭花！

班奈克的判斷不錯，如果高翔和木蘭花有聯絡，他是一定會通知木蘭花的，班奈克卻不知道，高翔根本和他一樣，並不知道木蘭花的所在！所以，高翔是一個人來的！

班奈克伏在峭壁上，看到小路的兩端突然多了許多「行人」，他心中不禁竊笑，他居高臨下，看得清楚，自然知道那是便衣探員。他的心中同時也暗暗高興，因為便衣探員來了，那就是證明高翔一定要來了，而高翔來，就有可能將木蘭花也帶了來！

十分鐘後，一輛黑色的防彈車駛進了秀水路。

那輛車子在路中心停了下來。

班奈克的神經不禁緊張起來，他從遠程瞄準器中看出去，看到車中只有高翔一個人，高翔正坐在駕駛位上。

車中的確只有高翔一個人，木蘭花沒有來！

木蘭花真的沒有來？班奈克想到這裡，他決定耐著性子等著。

而木蘭花已經來了！

木蘭花跟在高翔的後面，一看到高翔的車子停了下來，她也看到了前面那條短路的環境，一面是牆，一面是山，山上岩石巍峨，十分有利於埋伏。

木蘭花沒有跟進去，她只是將車子一轉，轉到了老人院正門口停了下來，下了車，推開老人院的門，道：「我想來參觀一下，捐點錢。」

老人院本來就是慈善機構，對於有人來捐錢，當然是極表歡迎的，木蘭花立即被執事領了進去，在老人院中「參觀」。

木蘭花在到了老人院建築中最高一層的時候，她進了盥洗室，盥洗室的窗口，恰好對著峭壁，木蘭花將窗子打開一點，取出了望遠鏡，向山壁上尋找著。

不用兩分鐘，她就看到了伏在岩石上的班奈克！

木蘭花的心頭砰砰地亂跳起來，她也看到了班奈克身旁的長程來福槍正對準著下面的公路，而在公路上，高翔的車子停著。

木蘭花立時退了出來，捐了一些錢，她從老人院出來，繞過了一條馬路，到了山下，在山下，她很快就找到了藏在草中的自行車。

這時候，木蘭花不禁猶豫了一下。她是應該爬上山去找班奈克呢，還是在這裡等候他下來？爬上山去找他，極可能還未曾接近他，便已經被他發覺了。而如果在下面等他，那就可以以逸待勞！

木蘭花決定在下面等他！

當木蘭花未隱藏起來之前，她檢查了一下那輛自行車，她拆下了兩個十分重要的零件，然後又將車蓋好。

等到她將蓋在車上的野草弄得和原來一樣，她後退了幾碼，在一塊岩石後面躲了起來。她不但要避過從山上下來的班奈克的目光，而且要避開在秀水路兩端的便衣探員。

她躲藏得十分小心，注視著前面。

半小時之後，她看到高翔的車子退了出來。又過了半小時，便衣探員也陸續撤退了，木蘭花心中自己告訴自己：班奈克就要下來了。

她的手中握住了一塊大約有五磅重的石塊，當班奈克一下來，去取車子的時候，木蘭花就用這石塊去擊他的背部。石塊擊中班奈克的背部之後，她就可以立即跳過去，將班奈克生擒了。

班奈克是窮凶惡極的凶徒，木蘭花本來是不準備再給他有生存的機會的，但此時，她有機會可以生擒班奈克，那麼她自然這樣做，好更使非法分子氣餒，不敢妄動。

又半小時過去了，班奈克還沒有下來。

木蘭花開始感到十分不安，她意識到事情和自己所預料的可能有一些距離，要不然，班奈克為什麼還不下山來？

她迅速地檢討自己的行動，是不是有反被敵人利用的地方，如果敵人引高翔來這裏，是因為也料到了她會監視高翔方面，取得敵人的蹤跡？

那並不是沒有可能的事！但是，敵人不知道受傷的是誰，似乎不會如此肯定，那麼，他為什麼還不下山來呢？

木蘭花又用望遠鏡向山上小心搜尋著，終於，她看到在慢慢地向下攀來的班奈克了。

班奈克具備著一個職業暗殺者的一切條件，他爬著陡峭的山壁，可是行動卻輕捷得如同一隻小貓一樣，他離地面越來越近了，終於，他到了一塊離地只有六呎高的岩石上。

然後，他輕輕一跳，跳了下來。

他落地的地方，正好在那一堆枯草的旁邊，木蘭花也就在那一剎間，用力拋出了那塊石頭。

木蘭花離班奈克只有三碼遠，那一拋，是無論如何應該中的。可是，班奈克在用枯草蓋住了他的車子之際，最後是用枯枝在草上交叉放成了兩個十字的，木蘭花並沒有注意這一點，所以班奈克立即知道事情有什麼不對頭的地方了。

他幾乎一跳下來之後，就發現了這一點，因之不等木蘭花拋出那塊石頭，他便在地上打了一個滾，木蘭花的石頭拋出，石塊還在半空，「砰」地一聲槍響，班奈克已放了一槍，槍彈將那塊石頭射得粉碎，迸射了開來，四下飛濺！

緊接著，又是好幾下槍聲，子彈呼嘯著向木蘭花藏身的地方飛來，木蘭花身體藏在岩石後面，子彈自然未能射中她。

警笛聲立時響起，那是還未曾撤完的警探吹出的。

木蘭花聽到了一陣機器聲，大著膽子探頭看去，只見班奈克一手扶起車子，一面又放了一槍，射倒了迎面奔來的一個警員，同時他以極快的動作跳上了車子，向前疾馳而去。

木蘭花奔到警員的身邊，那警員已殉職了。木蘭花解下了警員的佩槍，奔到自己的車子前，她知道，班奈克是走不遠的，因為班奈克的車子中有兩個零件已被拆下了！

由於失去了那兩個零件的原故，他的車子在不久之後，一定會發生故障的！所以木蘭花有信心在半途上追到班奈克。

她駛著車，向班奈克逃走的方向追了下去，汽車駛出了半哩左右，她便聽得前面的街道上，傳來了一下輕微的爆炸聲！

那正是她所期待的車子故障！班奈克一定已在前面停下來了！

木蘭花加大油門，車子一個急轉彎，向前轉了出去，她看到了班奈克的車子。那輛特製的自行車已扭曲成了一個半圓形。

在車子的旁邊有著血漬，可想而知，班奈克因為車子發生爆炸而受了傷，而且，木蘭花還一眼就看出，在車子的旁邊有一只長方形的盒子。

那盒子中所放的，無疑就是班奈克的遠程來福槍，那是他寸步不離的殺人武器，但如今竟然遺留在車子旁，由此可知他的離去是何等倉惶！

這裡已是相當繁盛的市區，四通八達，只要班奈克的傷勢不是太重的話，他是毫無疑問可以逃得脫的。木蘭花如今唯一希望的是他的傷勢十分重，逃不遠！

木蘭花當然不會愚蠢到下車來去找他，因為木蘭花若是下車去找他的話，那等於暴露了她自己，極可能她根本未曾看到班奈克，就被班奈克的冷槍射中了！

但木蘭花可不能不找，她駕著車，在大街小巷中穿梭著，希望可以遇到受了傷，在狼狽奔逃的班奈克。

但是，半小時過去了，木蘭花並沒發現什麼。

木蘭花聽到警車疾馳而來的聲音，她知道，那殉職的警員和失事的車子一定被發現了，高翔會趕到現場來，自己必須離開了！

自己也不能再使用這輛汽車了，因為過了那麼久，車主定然已發現車子失竊而報了案，她是一個要盡一切可能來保持行蹤秘密的人，又焉能駕著一輛已經報了失竊的車子滿街亂跑？所以，她在將車子駛出幾條街之後，便停了下來，走出車廂，消失在人叢之中。

木蘭花的料斷一點也不錯，當那殉職的警員被發現，和班奈克的車子失事事件發生之後，首先趕到現場的是高翔。

高翔在秀水路未能見到班奈克，他懷著極其憤怒的心情回到了辦公室，他已經計畫在本市展開嚴密的搜索！

雖然，他知道要在一個如此繁華，有著過百萬人口的城市中搜尋一個人，那幾乎是沒有可能成功的事，但是這種行動卻往往會被一些大城市的警方所採用，那是因為這樣子做的話，可以引起犯罪者的心理恐慌，而有反常的舉動。

一個犯罪者在犯了罪之後，如果一切都保持正常，那麼他的犯罪行為被發現的機會，是微乎其微的，若是一有反常行為，那就容易被發現了。

高翔之所以準備部署全面搜索計畫，就是希望班奈克驚惶失措，想要離開本市，那麼，他便不能繼續隱藏下去，而要暴露身分了。

當然，如果班奈克仍然保持著鎮定，匿居在本市的話，那麼，就算大規模的搜索，維持到半年或是一年，仍是沒有多大用處的。

高翔是正在和方局長商討如何採取行動時，接到報告的。

他立即出發，到了失事的現場，他看到了那輛被毀壞的車子，和遺下的遠程來福槍，以及那些鮮明的血漬。

凶徒受傷了！高翔立即傳下命令，這一個區域全被包圍了。

然後，高翔又來到了殉職警員伏屍的所在。當高翔看到車子失事時，他還以為那是一件意外的事故，但是到了警員殉職的現場，他知道不是意外了！

他看了那塊大石上的彈孔，也看到了那一大堆被弄亂的枯草，他多少已明白凶徒當時是在峭壁之上，而當凶徒下來的時候有人襲擊他！

襲擊凶徒的不是那殉職的警員，因為警員在前面，但是在另一方向的大石上則滿是彈孔，襲擊凶徒的人，是躲在大石之後的。高翔在心中自己問自己：那是什麼人呢？

他幾乎立即就有了答案：木蘭花！

那一定是木蘭花，唯有木蘭花才會有這樣的能力！

雖然木蘭花的襲擊並沒有成功，但是如今，凶徒也處在一種極其狼狽的境地之中了。可是木蘭花如今又在什麼地方呢？

高翔自從事情發生之後，一想起木蘭花來，心就向下沉，也直到這時，他才知道自己對木蘭花是多麼地關切，這種關切和思念，實在已超過了友誼的範圍。

他是一個十分高傲的人，木蘭花有意和他保持著距離和維持著冷淡，高翔不會看不出來，所以即使是在心中，高翔也不怎麼願意承認自己愛上了木蘭花。

可是這時候，當他思念著木蘭花，心中起了那樣深沉、跌宕的感覺之際，他不能不承認了，自己不但是愛著她，而且愛得極深！

高翔對著那塊大石深深地嘆了一口氣，在他身邊的警官和警員當然不能明白他這一下嘆息的意思，人人都在等候他發佈命令。

高翔呆立了片刻，才慢慢地轉過身來，道：「通知殉職警員的家人，我們將盡可能捉住凶徒，家屬將受到最好的撫恤。」

「是！」一位警官答應了一聲。

「包圍網已完成了麼？」

「已完成了，方局長正在和市長會商，要求市長給予他進行全面搜索的權利，市長似乎還在考慮，因為牽動面太大了。」

「不必市長答應也不要緊。」高翔沉穩地說。

「你的意思是——」

「我們要大張旗鼓，勸市民留在屋中，警車的呼號聲要響，要讓每一個人都知道，我們已經包圍了這一個區域！」

「那樣，凶徒不是知道了麼？」幾個警官一起問。

「就是要他知道！如今，若是凶徒未曾走遠的話，我們已佔了絕對的優勢，只要凶徒一知道他已陷入了重重的包圍之中，他就定然會沉不住氣，想要衝出來的。他躲著，我們或者找不到他，但是他一衝出來，那卻是再也逃不脫的了！」

高翔解釋著，「這是狩獵的最簡單的辦法！」

那幾個警官完全明白了高翔的意思，一起散了開去，去執行高翔的命令了。

三分鐘後，好幾輛廣播車在這一區內的大小街道巡行，勸導住在這一區的市民留在家中，不要外出，因為警方正在搜捕一個持有武器，十分凶惡的匪徒。

而如果不是住在本區的市民想要離開的話，請立即離開，但是在離開之際，必須接受崗哨警員的盤問，本區全部通道都已封鎖了！

高翔在那時候，也回到了那一區的中心的一家茶樓之上，茶樓的茶客已經走個精光了，老闆苦口苦臉地來回踱著步。

高翔借這個茶樓作為臨時指揮部，面對著一張攤開的本區地圖。本區四十七條通路都已有著極嚴密的崗哨。凶徒只要在這一個區內，是插翅難飛的！

如果他不在這個區域呢？那當然沒有話可說了，高翔之所以興師動眾，是他看到了班奈克受了傷，不可能在短時間內走得太遠，所以才這樣做的！

班奈克在什麼地方呢？

班奈克的確在這個區域之中。

班奈克現場留下的血不多，但是他的傷勢相當重，因為爆炸是突如其來的，而他又是騎在車子之上，當爆炸發生之際，他整個人被彈了起來。

他被彈出了足有七八呎，跌在路邊上，他立即發現自己受了傷，但是他也知道，自己是絕不能夠再在現場逗留下去的。

他忍著痛，向前走著，到了小巷口，扯爛了衣服，用布條緊紮著自己的傷口，進了一家理髮店，坐了下來，閉上了眼睛。

看來，他是一個十分安詳，正來享受理髮師對他服務的人，但是，他心中的焦急卻是無與倫比的，那是他一生之中從來也未曾經歷過的令他焦慮的時刻！

以前，作為一個神出鬼沒的暗殺者來說，只有他在暗中持著槍，欣賞被追逐的人，在絕望的情形中掙扎，希望能逃脫被殺的命運，但是卻終於逃不脫。

他自從操上了這種殺人的職業以來，可以說是無往而不利，甚至順利地刺殺過一國的元首，但這次，他卻沒有那麼順利了。

班奈克也在急速地檢討著自己的行動，自己的行動並沒有出錯，在戲院附近的反監視已有了結果，音波反應器連接自動發射器也射中了對方。只不過射中的卻不是木蘭花！

班奈克這時，幾乎可以斷定在峭壁下向他襲擊的人是木蘭花了，他肯定了這一點，更使他的心中產生了一股莫名的戰慄！

因為自從他佔了一次上風之後，他一直不知道木蘭花的下落，而從木蘭花在峭壁之下等候著他這一點看來，木蘭花竟是知道他的行蹤的。

班奈克不禁自問：木蘭花已知道了自己的行蹤，那麼，自己可以在這個理髮店中度過危險嗎？這真是使人不敢樂觀的事情。

他想到了自己在銀行中的巨額存款，如果這次失敗在木蘭花的手中，那麼他當然沒有機會去動用那麼龐大的存款了。

他的身子因為痛苦和氣憤一直在發著抖，以致理髮師不得不停下了工作，道：「先生，請你不要動，你……可是不舒服麼？」

「不……不！」班奈克連忙道：「我想喝酒，你們可有白蘭地？」

「白蘭地？」理髮師見過有各種奇怪要求的顧客，卻還未曾見過一個向他要白蘭地的顧客，他搖了搖頭，「當然沒有。」

「那就替我去買一瓶來。」班奈克摸出一張鈔票，「小瓶的好了，我有點頭暈，但是喝一點酒，就可以沒有事了。」

「好的，先生。」理髮師接過了鈔票，揮手叫來一個後生，令他去買酒。後生答應著，推開門，向外面走了出去。

買酒的後生並沒有走出多遠，大包圍便已形成了。

在廣播車的勸諭之下，行人洶湧，一起向四面八方散開，路上十分混亂，所有的人都是向外散去的，那後生在人叢中穿來穿去，則是向相反的方向走著，當然慢了許多，而且，他還不時停下來看熱鬧，耽擱的時間更久了。

常言道：做賊心虛，班奈克可以說是極其老練冷靜的犯罪分子了，但只要他是犯罪分子，他的心中一定是發虛的。

那後生離開了那麼久，仍然沒有回來，而廣播車所廣播的聲音卻不斷地傳了過來，店中其他幾個客人都匆匆忙忙地走了，只有他一個客人了！

別的理髮師全在門口向外看，因之顯得店堂內更是冷清，班奈克的身子又禁不住發起抖來，那理髮師嘆了一口氣，停下了刀剪，道：「先生，你——」

班奈克突然轉過身來，他手中的槍已對住了那理髮師的胸口，沉聲道：「別出聲，你已經認出我是誰來了，是不是？」

「我……沒……我……」理髮師只不過是想叫他別動而已，料不到會有這樣情形出現，自然張口結舌，說不出話來了。

班奈克沉聲道：「別出聲！」

他從椅上跳下來，用槍抵住了理髮師的腰眼，道：「走，帶我到後門去。」

那理髮師轉頭向同伴看去，可是每一個人都只顧望著外面，並沒有人注意店中的情形，那理髮師只好順從著班奈克。

出了理髮店的後門，乃是一條小巷，那條巷子十分窄，但是卻也用鐵皮搭出了許多屋子，那是窮人棲身之所，這些窮人，自然也是胼手胝足的勞動者，白天是全在外面工作的，因之大多數的鐵皮門口，都加上一把十分簡陋的鎖鎖著。

班奈克押著那理髮師，打開了一間鐵皮小屋躲了進去，然後，他提起槍架，向理髮師的後腦敲了下去，將理髮師擊昏了過去。

他略略鬆了一口氣，暫時，他算安全了！

木蘭花在離開那輛汽車後，向前走著，她才走出幾步，突然心中一亮，立時站定了腳步，她責怪自己，為什麼沒有想到這一點！

她為何竟未曾想到利用警犬！班奈克既然曾在車子失事的現場受傷，而且流血，那麼他的氣味一定極其強烈地留在當場，一頭好的警犬，可以憑藉這氣味追蹤十哩八哩，找到他的蹤跡。

當然，要利用警犬，就必須和高翔聯絡，她這時是不是可以現身呢？

想來，班奈克在如今這樣的情形下，一定是急於躲避，掩藏他自己，而暫時不會來注意自己的了，那麼，自己暫時露面是可保安全的。

這是極有成功希望的一個行動，必須和高翔聯絡！

木蘭花轉了個身，向著已被大隊警員包圍的區域走去，一直到她遇到了一個警官，她才走近去，低聲道：「請你帶我去見高翔。」

那警官一呆，木蘭花又道：「我是木蘭花。」

那警官陡地一呆，隨即驚喜道：「蘭花小姐，高主任找你找得好苦啊！」

「輕點，你要叫全世界的人都聽到麼？」

「是！」那警官自知失態，他答應了一聲，立即領著木蘭花向前走去。

走過了幾條街，人已漸漸稀少了，一直來到了那茶樓之中，木蘭花看到一手還吊著繃帶，但卻緊皺著雙眉，正在地圖上做著記號的高翔，她也不禁嘆了一口氣。

她低聲吩咐那警官，道：「你替我去找一套女警的制服來，我雖然要見他，但是還是越少人知道越好，等我換好了制服去接近他，那就不會引起人家的注意了。」

那警官答應了一聲，又將木蘭花領了開去。這時，在茶樓中的警方人員都在忙碌地工作著，誰也未曾留意到木蘭花。

等到木蘭花換妥女警的制服再出來時，她甚至一直來到高翔的身邊，高翔也未曾注意，她在高翔的身邊站了一會，才低聲叫道：「高翔。」

高翔猛地一怔，陡地抬起頭來。剎那之間，看他臉上的神情，他就像是在夢中一樣。

木蘭花連忙向他作了個手勢道：「別出聲！」

高翔的臉上立時現出欣喜莫名的神色來！

木蘭花低聲道：「在凶徒未曾就逮之前，我暴露目標是十分危險的事，你一點聲音也不可出，不可以有意外的表示。」

高翔連連地點著頭，但是他還是忍不住低聲道：「蘭花，你到什麼地方，唉，我找了你多少時候了。」

「我不是在你的身邊麼？」木蘭花微笑著。

高翔情不自禁地想去握木蘭花的手，但木蘭花卻瞪了他一眼，道：「別！除了帶我來的一個警官外，還沒有別人知道我到了這裡，你別讓人家看出來了！」

高翔尷尬地一笑，道：「蘭花，你看凶徒是不是被圍在這個區域中了？」

「有一個十分簡單的辦法，可以立即知道。」

「什麼方法？」

「利用警犬。」

高翔輕輕地「啊」了一聲，伸手在自己的額上輕輕地敲了一下。「我怎麼沒有想到這一點？可是，警犬組應該是已經出動了。」

「我相信也是，但如今我們的行動必須依靠警犬，那情形就不同了，我們必須加強警犬的工作，我看你要親自指揮才好。」

這時候，有兩位警官來向高翔請示工作，木蘭花便退後了一步，由於她本是穿著警員的制服，所以並不引人注意。

高翔等那兩個警官講完，才道：「警犬組的人來了麼？」

「來了，等待街上的行人肅清之後，就可以開始追蹤了。」一個警官回答，「但是，只怕效果不大，因為在這段時間中，有太多人經過現場，原來的氣味只怕已蕩然無存了，所以，我並不對警犬的追蹤寄予多大的希望。」

「可是，」高翔將手放在那警官的肩上，「這是我們唯一的希望了！」

高翔一面說，一面向外走去。

等到高翔和木蘭花一起來到現場的時候，四頭警犬在警員的帶領之下，正在不住地吠著，要向前衝出去，顯然牠們已知道那氣味的去向了。

高翔一揚手，道：「開始追蹤。」

四名警員發出了一個口令，開始向前奔跑，四隻警犬筆直地向前奔去，高翔和一批警員跟在後面，木蘭花便雜在那批警員之中。

五分鐘後，他們衝進了理髮店。理髮店中正亂成一片，因為後生買回了酒來之後，發現那客人不見了。不但客人不見了，連那個理髮師也不見了。

高翔只向理髮店中的人問了幾句話，便已知道那個「顧客」，正是受了傷之後，逃進來的凶徒了。那時，警犬又吠叫著，從理髮店的後面，奔了出去。

警犬奔到了後面小巷中，向一間鐵皮屋子奔去，在鐵皮屋子前，發出了可怕的吠叫聲，高翔一揚手，所有的警員停了下來。

高翔厲聲道：「好了，可以出來了，你已經被包圍了！快出來，不然我們便放槍了！」

只聽得鐵皮屋內發出一下聲響，再接著，鐵皮屋的門被慢慢地推了開來，一個人摸著後腦，向外搖搖晃晃地走了出來，他身上穿著一件白色的長袍，是那個理髮師！

一個警官忙叫道：「快伏下！」那理髮師一跤跌在地上。兩頭警犬立時竄了過去，將他壓住。

那理髮師本來就是昏了過去的，剛醒過來，出了門，又被這種陣仗一嚇，再度昏了過去，兩個警官立時向前撲了過去。

他們撲進了屋子，是空的。這所鐵皮屋根本沒有窗子，所以人也不可能是被包圍之際逃走的，一定是早已離開了。

高翔想轉過身來和木蘭花交談，但木蘭花卻一直夾雜在警員之中，不暴露自己的身分。

高翔沒有法子，只得下令繼續追蹤，四頭警犬在屋中轉了一轉，又奔了出來，向前飛快地奔馳著，過了一條街又一條街，高翔和木蘭花等人一直跟在後面，越是跟著，他們的心中也越是驚訝，因為再向前去，便是那間茶樓了！

高翔在來到那家茶樓的對面馬路之際，才回過頭去看木蘭花，可是木蘭花卻已經不在警員之中，不知在什麼時候離去了！

高翔想去找她，可是警犬還在向前奔著。高翔也知道，如果木蘭花要離去的話，他想要找她，也是不容易找得到的。

他跟著帶領警犬的警員，進了茶樓。

警犬在一進茶樓之後，便出現十分奇怪的情形，牠們團團亂轉，不停地吠著，但是卻不再前進，高翔忙問道：「這是怎麼一回事？」

「高主任，一定是有一種特殊的氣味，那氣味可能是被我們追蹤的人所特意留下來，以避免追蹤的。」

高翔的心中突然一凜，那當然是班奈克已發現了自己被警犬追蹤，所以才會有這樣的措施，如今可以肯定的是，班奈克一定是匿身在這座茶樓之中！

他立即下令，將警員集中，包圍這座茶樓！

在警員還未曾開始縮小包圍的時候，有一個人從一條小巷中，擊破了茶樓底層的一塊玻璃，翻身進了一間儲藏室。

那是木蘭花！

她仍然穿著女警的制服，所以，雖然儲藏室中有兩個工人在。但是也沒有問她。木蘭花打開了儲藏室的門，向外走出了幾步，除下了女警的服裝，在一個角落處躲了起來。

她才一躲起，便聽到高翔的聲音從前面傳了出來。

木蘭花在警犬追蹤到茶樓的時候，已經知道班奈克一定也到茶樓來了，班奈克一定是離開了那間鐵皮小屋之後來到這裡的。

在班奈克而言，最安全的地方的確就是這裡，因為這裡是高翔的總部，藏在這裡，那是誰也疑心不到的，當然，班奈克在事先也不可能想到警方出動了警犬。

敵人在茶樓中！他是匿藏在什麼地方呢？

木蘭花躲藏了起來之後不多久，就又開始行動起來，她先進入廚房，廚房中有六七個人在，那些人全停止了工作，茫然地站著，其中有一個人背對著木蘭花。但是這人的身形卻相當矮，絕不會是班奈克。

木蘭花又退出了廚房。

就在她退出廚房的一剎那間，突然發生了「砰」地一聲槍響，木蘭花立時臥在地上，子彈從還未關上的廚房門中穿了進去。

木蘭花一抬頭，一條瘦長的人影向上竄去。木蘭花立時還了一槍，可是她這一槍並未擊中。

前後只不過兩下槍聲，但是那已經夠了，所有的警員都被驚動了，高翔衝到了後面，木蘭花指著樓梯道：「在上面！」

大批警員衝了上去，從上面又傳來幾下槍聲。

在如今這樣的情形下，木蘭花再也沒有必要隱藏自己了，她也跟著衝了上去。茶樓是兩層的建築，很快她就到了天臺上。

木蘭花衝上天臺的時候，大局已定了。大批警員在天臺上。高翔也在。

班奈克在走投無路的情形下，爬上了巨大的光管招牌，他的手中還握著一柄手槍。

他雖然在上面，但是在下面的人仍然可以看到他的眼中充滿了凶光，木蘭花才一現身，「砰」地一槍又向她射來。

木蘭花立即跳開，那一槍射傷了一個警員。

高翔怒叫道：「你還要垂死掙扎？」

班奈克叫道：「我要殺木蘭花，我要殺木蘭花！我要殺她！殺她！」他一面叫，一面揮舞著手槍，突然之間，只聽得他慘叫了起來。

原來是光管漏電了！只見他不斷地在火光迸射中掙扎著，最後他終於死在光管架上了！

木蘭花向前走去，到了高翔的身邊，他們兩人對付過不少敵人，但是像這樣至死不悟，如此凶悍的人，他們卻也是第一次遇到。

所以，當他們兩人望著班奈克屍體的時候，他們的心中仍有餘悸！

穆秀珍被轉送到醫院之後，傷勢好得更快了。

馬超文一直在她的身邊服侍著，但是穆秀珍卻不准他多提班奈克惡貫滿盈的事，因為那時她正躺在床上，未能參加其事，她認為是奇恥大辱哩！

死亡約定

1 透明人

氣溫是突如其來下降的，天文臺早就宣布說，有一股寒流要來，可是連日來，天氣總是暖洋洋地，誰也不信寒流真的會來，所以，當傍晚時分，天氣突然冷下來，溫度下降了十幾度以上的時候，可以看到許多衣著單薄的男女狼狽地趕回家去。

這一天恰好是假期，赴郊外去渡假的人也特別多，在早上那樣的天氣，去郊外的時候，誰也不會帶上厚厚的棉衣的，而這時卻確實需要了，從郊外回市區是一條很長的路，因此驟然而來的寒冷更令得人尷尬。

木蘭花的住所正在郊外公路的旁邊，所以穆秀珍站在窗子旁望出去，可以清楚地看到這種情形。

她看到即使在汽車中，人還是縮成了一團，她又看到一個騎摩托車的小伙子，勇敢地將他僅有的外套穿在坐在他後面的女朋友的身上，自己卻凍得面青唇白地駕著車。

穆秀珍的心地十分好，她這樣佇立在窗前看著，絕沒有幸災樂禍的意思，但是她卻覺得十分有趣，因為這是平時不容易看到的情形。

天色漸漸黑下來了。

木蘭花的聲音從樓上傳下來：「秀珍！」

「噯！」穆秀珍拖長了聲音答道：「來了！」

她一面說，一面轉過身，待向樓上走去。

可是，就在她一轉身之際，她突然看到在公路上，有一輛汽車駛過。

公路上有一輛汽車駛過，那乃是極其普通的事情，是根本不應該引起她特別注意的。

然而，那一輛車子卻不同，使得她陡地呆了一呆。

原來，那輛車子內，閃耀著一種異樣的光亮。

通常，在夜裡，車子在行進中，為了可以更好地看到車外的情形，保證駕駛的安全，車廂內總是黑暗的，那種特異的光亮，自然引起了穆秀珍的注意。

穆秀珍呆了一呆，連忙再仔細看去，車子的速度相當快，當穆秀珍再凝神看去之際，她已經只可以看到車子的尾部了。

她從車後窗中看進去，忍不住又「啊」地叫了一聲。那種特異而令人十分難以形容的光芒，是一團不知什麼形狀的東西發出來的。

這團東西，勉強可以稱之為長橢圓形，豎放在駕駛位上，那東西有三呎高，駕駛位上放下了那樣一大團發光的東西，自然再難以坐得下一個人了。

不錯，這就是穆秀珍在剎那之間失聲呼叫的原因：車子中根本沒有人！

一個人也沒有，那是一輛空車！

但是，這輛「空車」卻正向前疾馳，而且，當穆秀珍再想弄清楚這究竟是怎麼一回事時，車子已順利地轉過了彎，看不見了。

穆秀珍只有機會看了兩眼，第一眼，她看到那車中有奇異的光芒，第二眼，她看到那車中沒有任何人，她知道自己不是眼花。

但是，這種事，有誰會相信呢？

她站立在窗口，一時之間，無法移動身子。

「秀珍！」木蘭花的聲音又傳了下來，這一次，可以聽得出她已經在樓梯口了，「你在幹什麼？我叫你，你沒有聽到？」

「我聽到了，可是，可是……」穆秀珍轉過身來，不知該怎麼說才好。一定是她臉上那種驚恐訝異的神色被木蘭花看到了，所以木蘭花立時下樓來。

她以極快的速度來到穆秀珍的面前，握住了她的手，穆秀珍的手是冰冷的，這更令得木蘭花吃驚，道：「秀珍，你怎麼了？可是傷口又在作痛麼？」

穆秀珍在三天前曾被世界上最凶惡的歹徒，職業凶手班奈克，以一具聲波反射儀控制的遠程來福槍射傷，調養了很久才漸漸復原，這時，還未曾痊癒，所以木蘭花一看到她面色有異尋常，便立即聯想到她的傷口上面去了。

「不是，我傷已好了，」穆秀珍連忙否認，一面揮著手臂，道：「你看，我連將手臂揮出一個大圓圈來，都不覺得痛了。」

木蘭花鬆了一口氣，道：「看你的臉色那麼難看，一定是衣服穿得太少了，我看，今天晚上天氣冷，你身子又未曾好，我們不出去了。」

「蘭花姐，」秀珍連連搖頭，「我不是因為冷，而是我剛才看到了一輛車子，蘭花姐，可能是在別的星球上有什麼怪物到地球上來了！」

穆秀珍是一個性急的人，她想到什麼便說什麼，絕提不上什麼條理，是以她的話，若是猜不到她心中在想些什麼的人，往往不容易聽懂。

而木蘭花和她，從小在一起長大，她心中在想些什麼，木蘭花是經常可以猜中的，可是這一次卻是例外，木蘭花全然不懂她在講些什麼！木蘭花不禁伸手去按了按她的額角。

木蘭花的舉動，令得穆秀珍也不禁好笑起來。

她連忙解釋，道：「蘭花姐，我的意思是，那可能是一個星際怪物！」她一本正經地解釋著，可是聽的人卻更不明白她在講些什麼了，木蘭花這時，已經知道穆秀珍一定是看到什麼奇異的東西了。

在如今這樣的情形之下，倒還不如不要打斷她的話頭，讓她將所見的東西，和她自己所想像的一股腦兒地說出來，那還容易理出個頭緒來。

所以，她拉著穆秀珍坐了下來，道：「別緊張，你只管慢慢地說，我一定聽到你講完才起身。」

穆秀珍翻了翻眼，她要講的話，剛才她所看到的那件事，三兩句話也就講完了，木蘭花皺了皺雙眉，道：「就是這些麼？」

「那還不夠？你希望我看到一個大怪物從車子中鑽出來，將其他的車子當成餅乾一樣地吃掉麼？」穆秀珍見到木蘭花似乎不感興趣，不禁有點失望。

「哈哈，」木蘭花笑了起來，「秀珍，你眼花了。」

穆秀珍立時睜大了眼睛，這一次，她倒是料到了木蘭花要說她眼花似的，她大聲道：「不，我不是眼花，我真的看到那團發光的東西！」

「好了，就算你看到，現在也沒有法子再去追究了，你還是加多一件衣服，躺到床上，去多休息一下罷！」木蘭花柔聲道。

「唉，蘭花姐，你對這事一點興趣也沒有！」

木蘭花抱歉地笑了笑，她實在沒有法子對穆秀珍的敘述有進一步的興趣，因為這是不可能的事，除非真如穆秀珍的想像，有太空怪人到了地球！

她不再說什麼，只是扶著穆秀珍向臥室走去。

穆秀珍也不再講什麼，她知道，木蘭花既然對這件事不再有興趣，那麼，除非這件事有進一步的發展，或者讓她親自看到剛才的情形，要不然，她是始終不會再有興趣的了，自己講也是白講的。

她一面踏上樓梯，一面心中翻來覆去地在想著這件事。

就在她們兩人快要上樓梯的時候，大門的門鈴突然響了起來。門鈴聲令得她們兩人一齊站住，木蘭花立即轉過身。她臉上閃過一絲奇怪的神色，因為她未曾約定任何人，高翔和馬超文今天都來過了，而且馬超文才剛走沒多久。

那麼，這時在按門鈴的，一定是個不速之客了。

那是什麼人呢？

木蘭花快步地走下了樓梯，在一張沙發旁茶几的花瓶上按了一下，道：「什麼人？」

那花瓶是一只隱藏的對講機，對講機的另一面，是裝置在鐵門外的，所以木蘭花的聲音可以傳到鐵門的外面去。

立即得到了回答：「這裡是木蘭花小姐的住宅麼？我是一個陌生人，但是我想見一見蘭花小姐，不知有沒有可能？」

那是一個聽來十分悅耳的男性聲音。

木蘭花由於生活在驚濤駭浪中的原故，尤其是在各地犯罪集團，雖然在班奈克失敗之後活動大減，但是「殺人獎金」卻依然有效，所以對於陌生的訪客仍然不能不具有極大的戒心。

木蘭花幾乎並不考慮，就接著道：「對不起，不能。」

那男子的聲音急急地道：「你就是木蘭花小姐麼？請你接見我。我有一件十分困難的事，需要你的幫助，你不會拒絕幫助他人的，是不是？」

由於那聲音聽來十分懇切，使得木蘭花考慮是否應該接納他的要求，她暫時沒有回答，而穆秀珍卻已到了她的身邊。

穆秀珍是唯恐天下無事的人，她聽得今晚沒有出去玩，又是滿肚子不高興了，難得有人上門來求助，她自然不肯放過這機會，故道：「蘭花姐，他說得對，讓他進來！」

木蘭花又考慮了一下，向門後指了指，示意穆秀珍站在門後，她自己則按下了茶几角上的一個按鈕，道：「門開了，你自己進來好了！」

她講完了那句話，身子打橫跳出，來到穆秀珍的身邊，也就在這時候，她們聽到了花園鐵門打開的聲音，同時，屋門也開了。

寒風撲進屋中，使得她們都感到了一股寒意。

木蘭花從門縫中向外看去，只見一個身材相當高大的人，穿著一件厚厚的大衣，正在匆匆地開步走來，上了石階，到了門口，略停了一停。

木蘭花這時已經可以就著屋內的燈光看清他的臉容了，他是一個三十歲左右的年輕人，面色蒼白，一望而知是個讀書太多，運動太少的知識分子。

他在門口並沒有停立多久，便跨了進來。

而當他才一跨進門之際，木蘭花一推門，門已「砰」地關上，木蘭花在他的身後道：「舉起手，別轉過身來，你身上有武器麼？」

「武器？」那人驚叫了起來，「當然不！」

「你是什麼人？」

「我姓石，石少明，我是才由德國回來的，當然，你是不會知道我的。」那人舉高了雙手，「但是我卻知道女黑俠木蘭花，所以我才來求助的。」

木蘭花「噢」地一聲，道：「原來是石博士，對不起得很，我是知道你的，非但知道，而且我還讀過你的那篇博士論文。」

石少明轉過身來，望著木蘭花，臉上現出不可信的神色來，他實在是難以想像木蘭花竟會讀過他那篇深奧的博士論文！

木蘭花卻只是淡然地笑了笑，一伸手，道：「請坐，你那篇論文的題目是：特種光波的光線對眼睛視神經所產生的特種反應，是不是？」

「是的！是的！」石少明點頭不已，滿心欽佩。

「秀珍。」木蘭花又道：「過來見見這位全世界著名的物理光學專家，石少明博士，這是我的堂妹，穆秀珍小姐。」

「久仰，久仰！」石少明態度謙恭。

穆秀珍卻只是翻了翻大眼睛，道：「你來找蘭花姐，可就是為了講客套話，和看看蘭花姐是不是讀過你那篇論文麼？」

穆秀珍的直率，使得石少明十分困窘，木蘭花連忙道：「秀珍，別胡言亂語，石博士是科學界極有前途的人，他來找我們，當然是有事的。」

石少明搖著手，道：「是的，我有事求助，而且，我來求助的，是十分重要的事，兩位，我……可以說闖了一個大禍！」

當石少明講到「我闖了一個大禍」之際，他的聲音在微微發顫，由此可知，他是真的闖了一個大禍，而不是故意危言聳聽的！

他的神態，使得穆秀珍也不好意思出言嘲笑他了，木蘭花道：「請你鎮定一些，石先生，不論什麼事都有解決的辦法的，你闖的究竟是什麼禍？」

石少明來回踱了幾步，仍然不斷地搖著手，但是卻又不說出他究竟是闖了什麼禍來，最後，他來到了木蘭花的面前站定，卻又欲言又止。

穆秀珍是一個心急的人，到這時候，實在忍不住了，她又想出言催促，可是卻被木蘭花使了一個眼色，制住了她出聲。

木蘭花只是用關切的眼光望著石少明，好半晌，石少明才又嘆了一口氣，道：「我不但為自己惹下了奇禍，也為全世界帶來了災難！」

穆秀珍實在忍不住了，她大叫道：「喂，究竟你闖了什麼禍，你要過多少時候才肯講出來啊？」

「我講了，講了，我，我，我製造了一個透明人！」

石少明在講出這句話之後，像是如釋重負一樣，在沙發上坐了下來，木蘭花和穆秀珍兩人互望了一眼，老實說，她們不明白石少明在講些什麼。

石少明也看出了她們臉上猶豫不決的神情，又重複地道：「我製造了一個透明人，一個看不到的人，你們明白了麼？」

石少明在重複地講了一遍之後，木蘭花和穆秀珍兩人當然聽明白了，但是那句話究竟是什麼意思，木蘭花卻還是不明白。

「石博士，你的意思是——」木蘭花只講到這裡，突然聽得「砰」地一聲槍響。隨著那一聲槍響，屋內的電燈突然熄滅了！

那一下槍響，是在屋外響起的。在屋外響起的一下槍響，卻令得屋內的電燈盡皆熄滅，這只說明了一件事，那便是：這一槍打斷了主要的輸電線！

這又進一步說明了另一個問題：在屋外，已經有十分凶惡而且精明的敵人來到了，可能敵人是大規模來的，總之，那絕對不是容易對付的敵人。

木蘭花立即低聲道：「快臥下！」

穆秀珍就坐在石少明的身邊，她伸手一拉石少明，兩人一齊滾到了地毯上，並且迅速地爬到一張巨大沙發的後面。木蘭花也到另一張沙發後面躲了起來。

可是，外面在突然響起那一下槍聲之後，似乎沒有別的動靜了，木蘭花等了片刻，又俯伏著向外爬出了兩步，站起身來，按了一個按鈕。

那個按鈕，本來是可以開亮一盞落地燈的，但是木蘭花按了下去之後，一點反應也沒有，可知電源是真正地斷了。

木蘭花來到窗前，想看看窗外的情形。

窗外，十分冷清，天色已十分黑了，黯淡的路燈，在寒冷的空氣中看來似乎格外淒冷，外面可以說一個人影也沒有！

但是，剛才外面的確有槍聲傳來，而屋中的電源也已斷了，是什麼人要使電源斷絕呢？究竟屋外的敵人想要怎樣呢？

木蘭花身子伏在窗前，思索著，在沙發後面，石少明低聲道：「是他們，那一定是他們，他們不肯放過我，我是早已知道的了。」

「他們是什麼人？」穆秀珍低聲問。

「我也不知道。」

穆秀珍瞪了他一眼，心想：這個人怎麼講話老是沒頭沒腦的？她正想講石少明幾句，木蘭花已折返了回來，道：「小心，我看到兩個人爬鐵門過來了！」

她掀起了沙發墊子，在墊子下拿起兩柄槍，拋了一柄給穆秀珍，低聲道：「瞄準，別亂開槍，也別射對方的要害。」

石少明顯得十分害怕，他顫聲道：「你們……要殺人？」

「當人家要殺你的時候，你必須要自衛，這是再簡單不過的道理，你要槍麼？」木蘭花問著石少明，石少明則大搖其頭。

穆秀珍全神貫注地望著外面，只見屋門的門把在緩緩地轉動，顯然是爬過鐵門的人，已經來到屋前了。

接下來，當然應該是有人推門而入了。

可是情形卻並不是那樣，門把轉動了一會，門並沒有被打開，而門把也停止了轉動，只聽得一個聲音自門外響了起來，叫道：「石博士！石少明博士！」

石少明的神情更加可怖，甚至發起抖來。

「他們是誰？」木蘭花問。

「不知道，只知道他們要對付我。」石少明低聲回答。

「別再出聲！」木蘭花命令，她的手已漸漸揚了起來，門外那人仍然在低聲地叫著，木蘭花突然扳動了槍機，射出了一槍。

「撲」地一聲，滅音器將槍聲掩去，反倒是槍彈發出的尖銳嘯聲，令人覺得刺耳，子彈穿過了門，向外射去。照木蘭花的估計，這一槍是可以射中站在門外的人的大腿的，那麼，門外至少應該有呻吟聲，或是人的倒地聲傳了過來。

可是門外卻沒有任何聲響，什麼聲響也沒有。

木蘭花又等了好一會，仍是沒有動靜，這的確是出乎意料之外的怪事，唯一的解釋是：這一槍未曾擊中那人，而那人則已走了。

那人竟在自己發了一槍之後就退走了？

她正想再趨到門旁向外看個究竟時，突然之間，屋內的電燈又亮了，這突如其來的光亮，更令得木蘭花大大地感到意外！

因為她判斷剛才的一下槍響，是射斷了主要的輸電電線的，那麼，這時電源恢復，當然是對方又將電線接好了。

可是，如果沒有適當的器械，如果沒有熟練的工程人員，又怎麼能在那麼短的時間內將斷了的電源又接好復原？這實是難以想像的事！

木蘭花呆了一呆，穆秀珍正要站起來，木蘭花硬將她按了下去，她們仍然等著，又過了兩分鐘，他們聽到了敲門聲，就是那個剛才在門口叫著「石博士」的聲音，忽然變得十分有禮貌起來，道：「請問，我們可以進來麼？」

這令得木蘭花有啼笑皆非之感，她知道敵人在才一上來時，一定是準備硬來的，但忽然之間卻變得這樣有禮起來，這不是十分可笑的事麼？

木蘭花吸了一口氣，冷冷地道：「首先要問：你們是什麼人？」

「是你的朋友，蘭花小姐，我們直到五分鐘之前，才知道這是你的住宅，我們十分欽仰你，我們是進來與你作和平的見面的。」

「可是，」木蘭花冷冷地道：「你們剛才並不和平。」

「那是我們不知道這是你的住宅的原故。」

木蘭花仔細想了一想，暗忖剛才在電源斷了之後，為什麼動靜如此之微，現在似乎可以得到解釋了。

假定來人不止一個，那麼在開始的時候，他們是準備硬來的，但是當他們知道了是自己住在這裡之後，經過了商量，他們就改變方針了！

木蘭花心中進一步的問題是：他們是什麼人，他們來這裡的目的，是來找石少明，那麼，對石少明向自己求助一事倒是吻合的了。

她並沒有猶豫多久，便道：「如果你們是有著和平的誠意的話，那麼，請進來，可是，我只招待一個人，你們只能有一個人進屋來。」

「好的，就只我一個人。」門外那聲音說著，接著，一個人推開門，來到了屋中，那是一個穿著大衣的中年人。

木蘭花也站了起來，她在站起來的同時，向穆秀珍和石少明兩人作了一個手勢，示意他們兩人仍然伏在沙發後面。

那中年人方面大耳，長相十分端正，看來像是個地位相當高的商人，他進屋之後，關上了門，向木蘭花望了一眼道：「對不起得很，打擾你了！」

木蘭花冷冷道：「你有什麼來意，快說罷。」

那中年人道：「我們跟蹤石博士，發現他到這裡來了。蘭花小姐，這是一件與你全然無關的事，希望你讓我們將石博士帶走。」

木蘭花的態度仍然是冰冷的，她問道：「為什麼？」

那中年人現出了十分為難的神情來，道：「蘭花小姐，這……很難解釋，我們的身分，現在也不能向你作說明，我們只是請你不要介入這件事。」

「如果石博士不曾來向我求助的話，我當然不會管，可是如今他卻來向我求助了，先生，你說，我能夠讓他落入你們的手中麼？」

那中年人呆了一呆，道：「蘭花小姐，我發現你有一個觀點上的錯誤，你以為一個來向你求助的人，一定是一個值得幫助的人麼？」

「這……」木蘭花也不禁呆了一呆，「別人不能說，但是有名的石博士，我想是的，我也有一個反要求，你們這些特務、間諜人員，能不能少打擾科學家些？」

那中年人苦笑了一下，搖了搖頭，道：「蘭花小姐，如果你一定要幫助石博士的話，這是十分遺憾的事情，但我們尊敬你的為人，我們仍然會在最可能的範圍內不與你為敵的，再見！」

他向木蘭花微微一鞠躬，便退出了屋子。

2 電光衣

木蘭花眼看他出了門，又不禁呆了半晌。

這中年人究竟是什麼身分，她仍然不知道，當然她更不知道那中年人準備作何打算，因為這中年人來得如此有禮，去得也是如此有禮。

看來，他似乎根本不準備採取什麼行動，但是實際上，一場暴風雨正在醞釀著，而這場暴風雨會猛烈到什麼程度，那更是誰也不知道的事情！

木蘭花面對著門，一步一步地退了回來，退到了樓梯口上，然後，她向穆秀珍和石少明一招手，道：「秀珍，你帶石先生到我們的工作室去。」

石少明和穆秀珍站了起來，他們快步地奔到了樓上，木蘭花也跟了上去，在工作室中，木蘭花隔著裝有防彈玻璃的窗子向外面看去，同時，她按下了監視電視的掣鈕，那樣，她就可以看清屋子周圍的一切詳細情形了。

經過了十分鐘的觀察，木蘭花幾乎已可以肯定了在屋子周圍沒有人，那中年人真的帶著他的同伴撤退了。

這實在是難以相信的事情，於是木蘭花假定他們躲起來了，躲得十分巧妙，所以自己看不到他們。那麼，他們暫時當然不會發動的，自己也可以和石少明放心詳談，至少在石少明沒有出這間屋子之前，是不會有什麼事發生的了。

她拉上了窗簾，轉過身來，石少明的臉色仍然十分難看，木蘭花還未曾開口，他已經道：「蘭花小姐，你不會將我推回給他們的，是不是？」

木蘭花有點不高興，因為石少明這樣說法，固然是為了擔心他自己的命運，可是卻在客觀上造成了對木蘭花的侮辱！

穆秀珍已然道：「當然不會的。」

木蘭花擺了擺手，道：「請你將事情的詳細經過，向我們講一講，你剛才說，闖了一個大禍，製造了一個透明人，那是什麼意思？」

石少明又坐了下來，道：「那是我多年來研究的結果，我是研究光學的，特別是注重光對人視覺神經的影響，這便是我那篇論文的中心題材。」

穆秀珍聽到了這裡，咕噥了一聲，道：「又是論文！」

石少明苦笑了一下，道：「我必須從頭說起，才容易明白。」

木蘭花瞪了穆秀珍一眼，道：「別打岔。」

石少明道：「人所看到的東西，實際上並不一定是存在的，例如影子。影子還有實影和虛影之分，這是物理光學的起碼常識。虛影是根本不存在的，可是人卻可以看得到，由此可以證明，人所看到的東西，只是因為某種光對視覺神經產生了反應的原故。」

「你講得很明白了。」木蘭花點著頭。

「所以，反過來說，如果是實際上存在的東西，而這種東西發出一種波長十分特異的光，使人類的視覺神經不起任何反應，那麼——」

「那麼，人將看不見這種東西。」穆秀珍迫不及待地搶著回答，她已經聽得很有興趣，再也不嫌石少明講得太嚕囌了。

「是的，在那樣情形下，人類將看不到實際存在的東西，這是一件事情的正反兩面：人類的眼睛可以看到實際上並不存在的虛影，當然，反言之，也可以看不到實際存在的實體。我一直在研究這個問題，三年前，我從德國回來，在這裡成立了一個研究室。」

石少明講到這裡，頓了一頓。

工作室中，十分安靜，穆秀珍和木蘭花都在等著他繼續向下講去。

石少明停了好一會，看他的情形，像是在抑制著心頭的興奮，然後道：「在經過了不斷地研究之後，我成功了！」

木蘭花仍然不出聲，只是沉默地望著他。

石少明吸了一口氣，又道：「可是，他們卻搶走了我研究成功的東西，蘭花小姐，你必須設法制止他們！」

「石先生，我仍然未曾確切地明白，你究竟發明了什麼，如果你不徹底向我說明的話，就算我想幫助你，也是在所不能的。」

「是的，我並不是不肯說，而是我實在太慌亂了，我研究成功的是一件衣服，那件衣服是用一種特殊的纖維織成的，那是一種有半導體性質的金屬絲，當電流通過這種金屬絲的時候，就會有一種奇異的光芒射出來，那種光芒是肉眼不可見的——」

石少明講到這裡，面色更是紅了起來。

木蘭花仍然抱著相當懷疑的態度，她並不是同意石少明剛才所說的理論，在理論上而言，石少明的論據是可以成立的。但是，一件實際存在的東西，卻不對視覺神經發生作用，因之使人看不到，這的確是一個超乎人類知識範圍之外的事！

所以，木蘭花只是沉緩地道：「你的意思是，穿了這件衣服，並且通上了電流之後，那麼，這個人，別人就看不到他了？」

石少明點了點頭，道：「的確是。」

木蘭花仍然不出聲，石少明著急道：「你不信麼？」

木蘭花搖著道：「我沒有不信，可是……」

木蘭花也不知道應該怎樣說才好，因為那是她從來也未曾經歷過的事，那幾乎是不可想像的，這世上，真的可能有透明人麼？

木蘭花的態度令得石少明十分焦急，他忙道：「蘭花小姐，那是真的，這件可以使人隱去的電光衣，是我特殊設計的，它真的可以使一個人消失在人的視線之中，這件衣服，如今已被他們搶走了，幸而我仍然保存著製造的方式，和那種不可見光的秘密，就在……這裡。」

石少明講到這裡，手有些發抖，從上衣口袋中，取出了一隻用火漆封口的牛皮紙信封來，交給木蘭花，一面道：「全在這裡，蘭花小姐，這是震驚世界的新發明，我將它交給你保管了，只有保管在你這裡，這個秘密才是安全的，希望你別拒絕我！」

木蘭花蹙著雙眉，她並沒有立即接過那封信來，看她的樣子，她正在沉思，但是當然沒有人可以知道她在想些什麼。

穆秀珍在一旁卻忍不住了，她催道：「蘭花姐，石博士既然願意將那麼重大的秘密交在你的手中，你還考慮它作甚？」

「我不是這個意思，」木蘭花站了起來，「我的意思是——石博士既然有了那麼偉大的發明，應該將這個發明，交給國家的發明委員會。」

「不！」石少明叫了起來，「這個發明是不能公開的，因為人們可以利用這個發明來做許多壞事，我如今甚至後悔自己去從事這項研究了！」

木蘭花道：「可是，你那件製成的隱形電光衣，已經被什麼人搶去了，難道你的秘密還不曾洩漏出去？還有什麼秘密可言？」

石少明道：「這是我第二件要求你的事了，我相信，不論這件電光衣落在什麼人的手中，在一個月之內，他們是無法知道其中秘密的，但是如果超過了一個月的時間，而對方又是集中力量去研究的話，唉，那就難說得很了！」

木蘭花慢慢地踱到了窗口，將窗簾拉開了一些，望著外面，外面一片漆黑，木蘭花的思潮起伏，實在混亂得可以。

她已知道石少明要她做的兩件事是什麼了，第一件，石少明是要她保存這個秘密信封，第二件，是要她設法去取回那件神妙的電光衣來。

木蘭花這時還未曾知道自己是不是應該答應，但是她卻意識到，自己已經捲入了一個非常複雜的漩渦之中！在這個漩渦之中，可能有許多國際特務介入其中，試想，還有什麼秘密武器比一隊根本看不見的軍隊更厲害的？

木蘭花立了片刻，才聽得石少明的聲音在她的身後響起，道：「蘭花小姐，你必須答應我，不論這項秘密落入了誰的手中，都是足以引致世界大亂的。」

木蘭花緩緩地轉過身來，道：「你為什麼相信我？」

石少明一呆，反問道：「除了你，我還相信誰呢？」

穆秀珍踏前一步，自石少明的手中奪過那只信封來，硬塞入木蘭花的手中，道：「蘭花姐，你就答應了吧！」

木蘭花接過了那只厚厚的信封，道：「秀珍，你可知道，保存這只信封容易，要去奪回那件電光衣，這件事才難得多麼？」

穆秀珍挑戰也似地道：「蘭花姐，你什麼時候害怕過困難來？你不是常告訴我，事情越是困難，便越應該勇往直前麼？」

「是的，你說得對，可是我還要問石先生一件事，石先生，如果我奪回了那件電光衣來，你準備將它如何處理？」木蘭花直視著石少明。

石少明搓著手，看來，他的心情十分難過，他扭著手指，半晌才道：「這似乎是很滑稽的，我費了那麼多心血才研究成功，但是我如今將告訴你，如果我得回了那件電光衣，我要將之親手毀去，不讓它留在這世界上！」

木蘭花嘉許似地點了點頭，道：「好。」

她同時揚了揚手中的牛皮紙袋，道：「石先生，既然如此，那麼，你不認為要保存這一袋秘密，也是多餘的嗎？」

石少明呆了半晌，才道：「是的，先將它毀去好。」

「將它毀去？」穆秀珍尖聲叫了起來，「這信封中是一項震驚全世界的發明，這是空前的偉大發明，怎可以將之毀去？」

「不錯，這是一項空前偉大的發明，」木蘭花道：「可是，那也是足以引致世界發生大混亂的一項發明，對人類的幸福是並沒有幫助的，秀珍，你可還記得，我們曾毫不猶豫地毀去死光錶一事麼？我倒非常同意石先生的意見，將它毀去！」

穆秀珍搖了搖頭，道：「那太可惜了，好吧，將它燒掉吧，既然你們都同意了，我一個人就算反對，也是沒有用的。」

木蘭花搖頭道：「你可惜什麼，這封留在任何人的手中都足以引起生死的爭奪，那是一個十分不祥的東西，秀珍，你去將那一大瓶王水取來。」

穆秀珍走了開去，不一會，她便將那一大瓶王水從地下室取了回來，木蘭花打開了瓶塞，又將那信封捲成了一捲。

然後，她抬起頭來，道：「石博士，如果你要反對的話，還是可以的，因為這是你研究的結果，你有權決定一切的。」

「毀去它！」石少明堅決地回答。

木蘭花將捲成了一捲的牛皮紙信封慢慢地塞入瓶中，那瓶中放的是王水，王水是四分之一濃硝酸和四分之三濃鹽酸的混合液體，是酸性最強的液體，連黃金和白金都可以溶解，何況是一些紙張，不到一分鐘，瓶中的王水混濁了，那一袋信封也就不見了。

石少明舒了一口氣，道：「這才是最好的保存方法，從此以後，如果取回了那件電光衣，那就除了我一個人之外，再也沒有人可以知道這項秘密了，蘭花小姐，你當然已經答應了替我取回那件電光衣來的了，是不是？我可以放心了。」

「是的，我答應了。」木蘭花點著頭。

「好啊！」穆秀珍興奮得跳了起來。

「兩位小姐，我也應該告辭了。」石少明站了起來。

「石博士，你的安全已受到絕大的威脅，我認為你應該向警方尋求保護，在未曾得到確切的保護之前，你最好別離開這裡。」

石少明挺起了胸，說道：「我想不要緊的，他們……」

石少明雖然裝出十分勇敢的樣子來，可是他的面色仍然不免發白，木蘭花的心中忽然一動，忙道：「石博士，我有一個主意。」

石少明連忙轉過頭來，想聽木蘭花的高見。

木蘭花道：「我相信剛才那些人現在還守在外面，你出去，他們一定會找你的麻煩，那我也可以得到他們的一些線索，你肯定搶走電光衣的，就是剛才在外面的那些人麼？」

石少明遲疑地道：「可能是他們，我不很清楚，你知道，我對於實驗室之外的情形，是很少注意到的，我也不知道他們究竟是何方神聖。」

木蘭花「唔」地一聲，道：「那麼，我如果取回了電光衣，我該如何與你聯絡？」

「我實驗室中有一個電話號碼，知道的人極少，你可以打這個電話給我。」

石少明將這個電話號碼講了出來。

木蘭花來回踱了幾步，抬起頭來，道：「我又有新的主意了，石博士，如果委曲你一下，將你扮成女人，你會不會反對？」

石少明的臉上現出十分為難的神色來。

穆秀珍則饒有興趣地望著他，道：「石先生，看來你扮起女人來，還十分好看哩，咦，為什麼你哭不像哭，笑不像笑？」

穆秀珍的調侃，令得石少明更加尷尬，他忙道：「穆小姐別取笑，蘭花小姐，我……為什麼要扮女人？有必要麼？」

「有必要的，」木蘭花肅穆地說，一面瞪了穆秀珍一眼，「我的計畫是，你扮成我，我扮成你。我先出去，你和秀珍當成送我出門，我們在門口分手，我用你的車子離去，你和秀珍再回到屋子中來，在我駕車離去之後，你再和秀珍離開！」

「那不行，」石少明搖手，「那樣，不是將我的危險加到了你的頭上了麼？我怎麼可以令你去冒這樣的危險？」

「石先生，當你想到要請求我的幫助之際，你就應該想到，這是一件十分危險的事情了，你想，除了這個辦法之外，我還能用什麼別的方法得到線索？」

「蘭花姐，他們可能將你綁走的！」

「那正是我所期待的，秀珍，那樣一來，我就可以直接到達這些人的總部了，如果他們不將我擒住的話，我反倒不高興了。」

穆秀珍本來是十分希望看看石少明扮女人的，可是這時候，她聽到木蘭花分配任務，自己只不過是陪石少明回家，那實在太不夠刺激了，是以她忙道：「不好，那樣不好。」

木蘭花卻堅決地道：「我已決定了！」

穆秀珍不敢出聲，石少明也只好苦著臉，接受木蘭花的決定。

木蘭花既然決定了怎樣做，那是沒有什麼人可以改變她的主意的，是以穆秀珍在石少明的肩頭上用力一拍，道：「來，我替你化裝！」

化裝並沒有用去多少時間，二十分鐘之後，石少明已被扮成了一個女人，穿著木蘭花的衣服，而木蘭花則穿了石少明的西裝。如果是在黑暗之中，的確是不容易分得出來的。

木蘭花打開了門，向外走去，一面低聲吩咐道：「你們兩人裝著送我，送出鐵門後，你們就可以回去了，然後，再等十分鐘，由後門走！」

穆秀珍點了點頭，道：「知道了！」

木蘭花向外走去，石少明則道：「兩位小姐不必送了，請留步！」

木蘭花則道：「石先生，你小心一些！」

她一面說著，一面向外走去，走到了花園鐵門外，又講了幾句話，這才打開鐵門，再向外走去，到了車旁，打開車門，踏進了車子。

四周十分靜，木蘭花在踏進車子之際，四面看了一下，沒有看到什麼人，她駛著車子向前去，駛出了兩哩左右，忽然在一條岔路口，有一輛車子轉了出來，跟在她的車子後面。

木蘭花心中暗暗高興，她不動聲色，仍然駕車向前去。

她知道，自己的估計沒有錯，果然有人伏在她住所的四周，那輛車子一定是通過了無線電聯絡，才從岔路上轉出來的。

木蘭花不知道他們在什麼時候將採取行動，只不過她早已有了決定，不論對方採取什麼行動，她都不加反抗，因為她要等到到達了對方的總部之後，才有希望發現那件被搶走了的電光衣。

車子又駛出了一哩許，在另一條岔路口，突然又有一輛車子駛了出來，那一輛車子的來勢十分突兀，陡地橫在路上。

木蘭花連忙踏下車掣，車子在深夜中發出了一下可怕的「吱吱」聲，停了下來，但是仍然和那輛車子撞了一下。

對方的行動十分之快疾，只見他們從兩輛車子中紛紛地跳了出來，約有五六個人。木蘭花並沒有忘記這時候她是假扮成石少明的，石少明在如今這樣的情形之下，當然是不會有什麼行動的。

所以木蘭花坐著不動，一個大漢拉開了車門，一柄槍已對準了木蘭花的胸口，那大漢喝道：「別動，請你出來，石先生！」

木蘭花服從地踏出了車子，另一個大漢，連忙用一隻黑布袋，將木蘭花的頭套住。

這倒令得木蘭花放心得多，因為這一來，在半途上，那些人更不會發現他們是捉錯了人了。

木蘭花略為掙扎了一下，啞著聲音道：「你們……你們做什麼？」「石博士，請你別出聲！」在她的身後，立時有人出言恫嚇她，接著，木蘭花被好多人擁著，上了一輛車子，那車子立即疾駛而去。

她果然被人綁走了，這是她所期待的事情，她的心中固然緊張，但是卻也相當興奮，她相信這件事雖然可稱得上是驚天動地的大事，但其解決起來，卻不會十分困難，她假定如今綁架她的，是一個外國特務集團，那麼，她到了那特務集團的總部之後，就可以見機行事，去奪回那件電光衣了。

她默默地數著時間，足足過了近四十分鐘，車子才停了下來，木蘭花被帶下了車子，四人領著，向前走去，走上了十來級石階，看情形是已經進了屋子。

可是，套在她頭上的黑布袋，卻還未曾被除下來，木蘭花的眼前仍是一片漆黑，什麼也看不到，她只覺得自己上了升降機，從時間上算來，大約上升了四層，又走了出來，然後，在走了幾步之後，她聽到有人敲門的聲音。

同時，她知道自己是站在一扇門前，因為有聲音自門內傳出，道：「進來！」

她又被人帶著走前了幾步，然後，被按著坐了下來。

接著，她便聽到了一個十分奇怪的聲音，道：「石博士，抱歉得很，我們用這個方法，將你請到了這裡來，請你原諒。」

那種聲音，的確是十分奇怪，那絕不是任何人所發出來的天然聲音，那一定是經過特殊的儀器扭曲的，因為它聽來是小孩子的聲調。

木蘭花憤怒地「哼」了一聲道：「將布套除下來！」

「不，」那聲音又道：「不能除下，你可以回答我的問題，那就夠了，我不希望你看到這裡的一切，所以你必須忍受一下。」

木蘭花沉聲說道：「那樣，我拒絕答覆任何問題。」

那聲音沉默了一會，才道：「不，你會和我合作的，因為我對你有幫助，石博士，你方從木蘭花的家中出來，你去做什麼？」

木蘭花不出聲。

那聲音又道：「你去求木蘭花幫助的，是不是？那實在是徒然的。石博士，我們對你還有一些疑問，你的那件電光衣——」

那聲音才講到這裡，忽然有人敲門，那聲音道：「進來。」

木蘭花聽到有人推門而入的聲音，有一個人道：「事情有變化了，這——」

那人講到這裡之後，聲音陡地低了下來。

木蘭花沒有法子聽得出那人究竟講了些什麼，過了約莫三分鐘，才聽得那個怪聲音道：「將他帶開，等一會再來問他。」

另外有兩個人答應道：「是。」

木蘭花立時又被人架了起來，帶著向外走去。

她很快地就被帶到了另一間房間之中，頭上的黑布套也被拉了下來。可是，她頭上的黑布套是不是被拉了下來，是一點變化也沒有的，因為那間房間中一片漆黑，仍是什麼也看不到。

3 疑問

木蘭花定了定神，漆黑，她是不怕的，她身上有許多工具可以作照明之用。她需要弄清楚的是：是不是只有她一個人在房間中，和這房間中是不是有監視她行動的儀器裝置著。

她摸索著向前走出了幾步，她摸到了一張椅子。

她在那張椅子上坐了下來。

由於她在黑暗中久了，是以她隱約可以看到那房間中的一些情形，房間中是漆黑的，唯一的光線來源，便是那扇門下面的門縫。

木蘭花依稀可以看出，那房間十分小，除了一張椅子之外，沒有別的東西，木蘭花想弄清楚屋角處有沒有監視儀器，卻未能達到目的。

木蘭花不能永遠這樣等下去不採取行動，她從椅上站了起來，到了門口，她希望將門打開，看看門外的情形。

她立即失望了，因為她沒有法子做到這一點，那扇門是電力控制的，根本沒有門把，木蘭花在門旁摸索了片刻，也摸不到開關。

她沒有別的辦法可想，只有在門後貼牆站著。

這是最古老的辦法，她那樣的站著，如果有人打開門，走進來的話，那麼，她就變得是在門的後面了，在門的後面，向進屋來的人偷襲是十分有利的。

木蘭花耐著性子等著，一直等了很久，她才聽到有腳步聲傳了過來，腳步聲在門口停止，接著，便有人推開門，走進來。

木蘭花立即跳過去，手揚起，劈下。

只不過十分之一秒的時間，走進來的那人身子搖晃了一下，向下倒了下去，木蘭花連忙踏前一步，將他的身子托住，不令他的身子在倒下之際，發出隆然巨響來。

她將那人的身子輕輕地放到了地上，立即一閃身，出了那房間。

房間外面是一條長長的走廊，木蘭花才一出房間，便看到電梯的門被推了開來。

木蘭花連忙又縮了回來，將房門掩上，留下了一道縫，向外看去，只見一個中年人，推開了電梯門，走了幾步，進了一間房間之中。

木蘭花剛才被套著黑布套，從電梯中帶出來的時候，她是數過所走的步數的，這時，那中年人進去的那房間，木蘭花可以肯定，就是她聽到那個向她發問的怪聲的那一間，木蘭花在那房間的門被關上之後，不禁心中呆了一呆。

那中年人，木蘭花覺得他十分面熟！

那中年人的臉型十分之普通，正因為那是一個普通之極的臉型，所以木蘭花雖然覺得眼熟，但是一時間卻想不起那是什麼人來。

如果時間允許的話，有著超人記憶力的木蘭花，或者可以想起那是什麼人來的，當然，如果木蘭花想起了那是什麼人，以後事情的發展，便全然不同了。但是這時木蘭花卻不能呆站著去沉思，她必須行動！

她來這裡的目的，是假定那件電光衣在這裡，她要把電光衣帶回去！

是以，當那中年人進了房間之後，她只不過呆了半分鐘左右，並未曾想出那中年人究竟是什麼人，便推開門，走了出去。

走廊上並沒有別人，她以極快的步法，來到那中年人走進去的門外，將耳朵貼在門上。只聽得房中有兩個人在交談。

一個人的聲音，相當低沉，道：「這就是那件電光衣了，你看，它可有那種奇異的作用麼？我看，那個石少明是一個妄人。」

另一個聲音道：「不會的，或許是我們還未曾徹底明白它的使用方法，所以才會有這樣想法的，我在想，我們是不是一開始就弄錯了——」

那聲音講到這裡，便停了下來。

接著，在那房間中，便是一陣沉默。

木蘭花在門外，不禁好一陣心跳！

她之所以心跳，並不是因為她在門外偷聽，隨時會被別人發現，而是她聽出，石少明所發明的那件電光衣，竟就在那間房間之內！

事情不是太順利一些了麼？

事情是不是真的會如此之順利呢？木蘭花的心中，不禁猶豫了一下，本來，她是早已要推門進去的了，但正由於她心中有這樣的猶豫，所以，她又等了一等。

就在那時候，她又聽到了那第一個人的聲音，道：「我在得到了那件電光衣之後，就一直穿著它，駕車回來的，如果人家看不到我，看到一輛空車在自動行駛，那還不怪叫麼？可是，一路上，我卻沒有聽到什麼人發出怪叫聲！」

那幾句話傳入木蘭花的耳中，木蘭花幾乎「啊」地一聲叫了出來！她立即想起穆秀珍所看到的無人駕駛汽車來！

她一直不相信穆秀珍看到的是事實，而因為石少明的來訪，她也沒有再進一步地去想那件事，更未曾將這件事和石少明聯在一起！

她這時候，對於其中的許多細節問題還是不很明瞭，但是她卻肯定，那件電光衣就在這間房間之中，如果她猝不及防地衝進去，一定可以將之搶到手中的。

她也可以肯定，在房間中討論這件電光衣的人，一定是這個集團中十分重要的人物，也就是說，如果制住了他們，安然離去，也是沒有問題的！

那是絕好的機會，再不採取行動，只怕是永遠也得不到這樣的好機會了，是以木蘭花根本不想什麼，伸手就去推門。

那扇門竟然應手而開。

木蘭花一面推門，一面已握槍在手，她一打開門，手中的槍便揚了起來，同時道：「別動，將手放在頭上！」

房間內只有兩個人，正如她所料。

這兩個人呆了一呆，也立時將手放到了頭上。

在桌子上，放著一只扁扁的箱子，那箱子打開著，放在箱子中的，是一件閃著一種奇異的金屬光芒的衣服，在箱子的另一半中有許多電線。

木蘭花踏前幾步，一伸手，「砰」地一聲，將那只扁箱子的蓋子放了下來，提起箱子，又後退了幾步，道：「好了，帶我離開這裡。」

這時候，她看到那個她認為很面熟的那中年人，臉上現出了十分驚訝，像是遇到了什麼令人難以相信的事情一樣，道：

「是你，木蘭花！」

「不錯，是我。」

「木蘭花，你可知道你在做什麼？」

「我當然知道，你們兩人轉過身去。」

那中年人和另一個人猶豫了一下，轉過了身去，木蘭花又道：「你們走在前面，帶我離開這裡，別忘了我一直在你們身後。」

那中年人道：「木蘭花，我相信你一定對我們有所誤會，這誤會可能是我們一手造成的，你必須聽我解釋！」

那中年人的聲音十分焦迫，顯示出他的心中極其焦急，但木蘭花卻只是冷冷地道：「少廢話，帶我離開這裡！」

那中年人和另一人一齊向外走去，可是他仍然道：「木蘭花，原來你是這樣的一個人，我當真認錯你了，可知要深悉人心之難！」

木蘭花冷笑道：「本來就是麼！」

她一面跟著走了出去，一面心中在想：「他這樣說是什麼意思，認識我？他認識我麼？何以我不認識他呢？」

三個人不進電梯，是由樓梯下樓的。

由樓梯下去，而不由升降機，那也是木蘭花的命令，因為對方有兩個人，在窄小的升降機中，一個人要控制兩個人，並不是容易的事情。

而且，在升降機的屋子中，樓梯反倒是最清靜的，不容易碰到人。木蘭花最初的估計也沒有錯，她的確是在四樓。

等到他們下了樓梯的時候，木蘭花在樓梯口上向外張望了一下，她看到大堂中有很多人，是以她道：「可有後門麼？為了你們自己的安全著想，最好別使我被別人發現才好。」

那兩個中年人發出了一聲低沉的抗議聲，但是他們還是遵照木蘭花的意思去做，帶著木蘭花，轉過了一個彎，來到一扇邊門之前。

另一個中年人取出了一把鑰匙，打開那扇門，木蘭花連忙向外看去，只見外面是一個停車場。

木蘭花不禁大是高興。她實是未曾想到，事情會進行得如此之順利，如今，距離她被當作是石少明，架來這裡，幾乎還不到一小時，但是她卻已經提著那件神妙的電光衣走出去了。

木蘭花繼續吩咐道：「你們一直要等我上車之後才能離開，要不然，我雖然在駕車，只要你們仍然在射程之內，我一樣可以射中你的。」

「木蘭花，」那木蘭花覺得面善的中年人再一次道：「你這樣胡作非為，一定會自食其果的！」

「這句話正好轉贈給你自己！」木蘭花冷冷地回答。

她逼著那兩個中年人向前走，一直到了一輛車子旁邊，木蘭花吩咐那兩個中年人站過去，背對著她，然後，她弄開了車門，跨進車內。

她的行動極其迅速，她令車子倒退出來，然後踏下油門，車子便像箭一樣地向前射了出去。

那兩個人是如何善後的，木蘭花並不知道，事實上，在木蘭花離去之後，那兩個人做了一些什麼事，是當時的木蘭花做夢也想不到的。

她也不需要知道，她在登上車子之時，已經打量過周圍的環境，看到停車場的左側，是一條公路。

所以，她一上車，便將車速提高至六十哩，車子一上了公路，她便以八十哩的時速向前衝去，等到她想起，至少應該留意一下，自己是從一幢什麼樣的建築物中走出來，而回過頭去看時，早已什麼也看不到了。

駛出了十來哩之後，木蘭花才將車子保持正常的速度。

根據路標，她知道自己是在近郊，很快地，她便回到了市區，她到達市區之後的第一件事，便是放棄了那輛汽車。

她提著那只扁箱子，步行了一段路程，然後，閃進一個電話亭，撥了石少明給她的那個電話，電話響了許久，才有人來接聽。

「喂。」那邊是一個低沉的聲音，顯得很是急躁。

「請石少明先生。」木蘭花立即道。

「什麼？」那聲音大聲反問，像是對「石少明」這個名字感到極度意外一樣，這使得木蘭花一時之間，以為自己是撥錯號碼了。

可是，那面的低沉聲音立即又道：「好，請等一等。」

接著，木蘭花便聽到了石少明的聲音，道：「誰啊？」

「石先生麼？我是木蘭花。」

「你……你是木蘭花？」石少明的聲音竟變得十分吃驚起來，木蘭花在電話中，甚至可以聽出他突然吸了一口氣的聲音。

「石先生，你怎麼啦？」木蘭花奇怪地問。

「沒有什麼，蘭花小姐，你怎麼了？」

「我想，我已經取回了那件電光衣。」

「真的，這怎麼可能，電光衣是在——」石少明講到這裡，突然停了一停，才道：「電光衣是在……歹徒的手中，你那麼快就搶回來了？」

木蘭花是何等聰明的人，她聽到石少明在講到「電光衣在——」的時候頓了一頓，那分明是表示他實際上是知道電光衣是在什麼人手中的！只不過他不願意這一點為自己知道，所以才在頓了一頓之後，又突然改口，再繼續講下去的。

這使得木蘭花十分不高興。因為石少明既然對她求助，卻又不將實話盡情向她透露，那無疑是增加她工作上的困難的，這時，幸而她已將電光衣奪在手中了，但是她仍然不知道曾和她接觸過的敵人是什麼人，而且，事情如果不是那麼順利，她事先的不知詳情，可能會發生十分危險的後果！

木蘭花連忙道：「石先生，事實上，你是知道在你這裡奪走電光衣的究竟是什麼人的，是不是？你為什麼不告訴我？」

「不，不，」石少明連忙否認，說：「我絕不知道。」

「好了，別說了，如今電光衣已在我這裡了，但是我還未確定是不是真的，因為我在取到它的時候，曾聽到那些人在說，這件電光衣似乎並不能令人隱形。」

「它可以的，它一定可以的，或許是某些小地方發生了一些故障，你知道，在柔軟的金屬絲中，一共有六十多個小型電子管之多，任何一個出了毛病，都可以引致電光衣失效，這究竟還是一件試製品，蘭花小姐，你在什麼地方？」

「我在高紫街盡頭轉角處的那個電話亭，你快來。」

「好，我一定盡快趕來。」

「小心一些，歹徒可能仍然在對你監視。」

「我知道！」石少明「喀」地放下了電話。

木蘭花自電話亭中退出來，退到了街角處等著，這時，夜已相當深了，由於天氣寒冷，街上的行人不多，就是有，也全是行色匆匆的。

木蘭花等了十分鐘，便看到一輛車子轉了過來，在電話亭前停下，木蘭花連忙走過去，她已看到在車子中的是石少明。

木蘭花到了車旁，石少明便探出了頭，道：「蘭花小姐，上車麼？啊，蘭花小姐，你手中的箱子正是裝載電光衣的！」

「噓！」木蘭花忙道：「你不能低聲些麼？」

「原諒我，我實在太興奮了。」

木蘭花四面一看，見沒有什麼人，她將箱子打開，給石少明看，「是這個麼？你看仔細，如果是假的話，那再作打算。」

「是真的，是我親手所製的！」石少明興奮地道：「蘭花小姐，你和我一齊回實驗室去，我們一齊來將它毀去，好不好？」

「不了，我要先回去，你只要記得我的話，一回到實驗室，便立即將之毀去，那你就安全了，秀珍呢？已回去了麼？」

「是的，她早已回去了。」石少明接過了木蘭花遞給她的電光衣，喜出望外地道：「蘭花小姐，我實在太感謝你了！」

木蘭花不再說什麼，她已轉過了身去，但是她還是道：「別謝我，如果你不照我的吩咐毀去這件電光衣的話，你再有困難，我也不會幫助你的了。」

「一定，我一定將它毀去！」石少明一面說，一面已開動了車子，駛了開去，轉眼之間，車子便轉過一個彎，看不到了。

木蘭花仍站在電話亭旁，她心中暗忖：自己立即將這件電光衣交回給石少明，會不會使石少明在回實驗室前，又發生危險呢？

看來，這可能性並不大，因為敵人絕不容易想到自己在得了電光衣之後，會立即交給原主人，而且原主人又立即將之毀去的。

木蘭花將手插在衣袋中，向前慢慢地走去。

她走出了兩條街，心中忽然起了一個小小的疑問：石少明的車子是被自己坐走的，何以石少明又有車子來會自己？

但是木蘭花卻立即解釋了這個疑問，可能石少明有不止一輛汽車。但是，既然產生了一個小小的疑問，她心中總有點不舒服。

又走過了一條街，木蘭花在一家店舖中借打電話，打回家去，想問問穆秀珍有關送石少明回去時的情形究竟如何。可是，家中的電話響了很久也沒有人接聽。

穆秀珍不在家中！

穆秀珍怎麼會不在家呢？這令得木蘭花擔心起來。

她放下電話，攔了一輛的士，趕回家去，等到她到達家門的時候，她更是為之大大地愕然。

家中燈火通明，隔著小花園，她已經可以看到，在她家的客廳中，有一個人正在來回踱步，從那頎長的身形看來，那人正是高翔！

而在她家的門口，有兩個武裝的警官守著。

木蘭花才一下車，那兩個警官便迎了上來，道：「蘭花小姐，你回來了？高主任正在裡面等你，他等你已有很久了。」

「秀珍小姐不在麼？」

木蘭花在問的時候，已經很不愉快了，因為高翔不但大模大樣地進了她的屋子，而且還派人守住了門口。

「不在，我們到的時候，屋中沒有人。」

木蘭花「哼」地一聲，推開了鐵門，向內走去，當她推開屋門之際，高翔轉過頭向她望來，高翔的臉上竟滿是怒容！

這令得木蘭花更加不快，她一聲冷笑，道：「高翔，你難道不知道當主人不在的時候，訪客是應該在屋外相候的嗎？」

高翔的態度，更令得木蘭花意外。

高翔竟發出了一聲冷笑，道：「是麼？」

木蘭花是很少發怒的，但高翔那種態度卻令她極不愉快，她沉聲道：「自然，所以，我請你出去，因為你進入這裡，根本未得主人的允許。」

高翔身子站立不動，從他的面色上，可以看出他的心中正十分憤怒，他望著木蘭花，好一會才道：「我看錯你的為人了！」

木蘭花呆了一呆，高翔講出這樣的一句話來，使她立即意識到事情絕不是那樣簡單了，高翔是有所為而來的，但是，他來做什麼呢？

木蘭花究竟是十分明理的人，她的怒意立時斂去，她側著頭，道：「高翔，你這樣說是什麼意思？有什麼根據？」

高翔冷笑著道：「你已成功了，女黑俠木蘭花永遠是成功的，是不是？你已將之脫手了麼？得了多少代價，作為老朋友，可以分一點來用麼？」

「高翔！」木蘭花大聲喝止，「你在胡說些什麼？」

「我在胡說？我不相信安全署署長和他的高級助手會認錯人，木蘭花，你竟然墮落到這樣，這實在使人替你惋惜。」

木蘭花仍然莫名其妙，但是她卻隱隱地覺得事情相當嚴重，她忙道：「高翔，你必須將事情講清楚，什麼安全署長？」

「當然是國家最高安全署署長，除了他還有什麼人？」

「這倒好笑了，高翔，那又和我有什麼關係呢？」

「木蘭花，想不到我認識你那麼久，不知道你還有這樣的一門絕技，你演戲的功夫實在太好了，好到了使人噁心的地步！」

「高翔！」木蘭花厲聲道：「你可得將話講明白了，你憑什麼在我這裡繞著彎子罵我，如果你不講明白，你別想出去！」

「哼，要將話講明白，還不簡單麼？一句話。」高翔抬起了頭，「大約半小時之前，你在國家安全署本市分署的辦公大樓中，在安全總署署長和他的高級助手的手中，搶走了一件電光衣，那是傑出的青年科學家石少明所發明的東西！」

高翔一面講，而木蘭花面上的神情一路在轉變著。

起先，她只是憤怒，心中還在想著高翔不知道是不是喝醉了酒，可是幾乎是立即地，她想起來！

當她奪過那件電光衣之際，她曾覺得自己的對手，那兩個中年人中，有一個十分面熟，可是由於那是一個極其普通的臉型，所以她想不起那是什麼人來了。

但如今，木蘭花想起來了！

那的確是高翔口中的國家安全署署長！

4 奇恥大辱

木蘭花這時既然想了起來，她自然可以肯定自己是不會記錯的，木蘭花曾經看到過他的相片，雖然只有一次，但木蘭花這時也可以知道那兩個被自己以手槍指著，押了出來的中年人中的一個，就是國家安全總署的署長了。

當木蘭花確定了這一點的時候，她的面色實是變得難看之極了，而她的神情，也揉合了震驚、憤怒、羞愧，可稱複雜到了極點！

她的心中充滿了無數的疑問，然而這時候，她的心亂成了一團，卻是一個疑問也解釋不出，當然，她是什麼話也講不出來的！

試想想，她以為幫助了石少明，從一個特務集團的手中，將那足以震撼世界的發明搶了回來，可是，如今卻證明，所謂的特務集團，竟是國家的安全署！

木蘭花一生之中，再也沒有什麼時候跟這時知道了這個事實之後更加難過和驚訝的了，她實是不知該說什麼才好！

在她對面的高翔，當然也看到了木蘭花在那一剎那間面色的劇變。

他望了木蘭花半晌，才長長地嘆了一口氣，道：「蘭花，這究竟是怎麼一回事？安全署長在你離開之後，立即打電話給方局長，恰好我也在旁邊、他立即要採取行動，在全市範圍內搜捕你，是我趕去見他，在他面前力言你不是這樣的人，這才改由我來見你的，蘭花，究竟是怎麼一回事？」

木蘭花仍然在發著呆。

究竟是怎麼一回事？她也不知道，真的，她如同處身在一重又一重數不清的迷霧之中一樣，事實的真相究竟如何，她一點也不知道。

高翔又呆了片刻，才伸手緩緩地握住了木蘭花的手。木蘭花的手是冰冷的，她並沒有將她冰冷的手抽回去，任由高翔握著。

兩人默默相對了好一會，木蘭花才說道：「我……被人利用了。」

似乎只有這句話，最可以解釋她所做的一切，但是當這句話出口的時候，她卻又想到那是不合道理的，如果說她被利用了，那麼是誰利用了她呢？

是石少明麼？電光衣就是石少明自己發明的，若是說石少明利用她去取回電光衣，這顯然是一件十分滑稽的事情了。

這其中一定另有曲折，毛病可能就是出在石少明身上，和自己見面，託自己辦事的那個石少明，可能自始至終都是偽冒的！

木蘭花一想到這裡，更是遍體生寒！

因為，如果那個石少明是偽冒的話，她不單將電光衣交到了他的手中，而且還將穆秀珍也交到了他的手中，所以穆秀珍直到如今還未曾回來。

這實是奇恥大辱，實在是想也不敢想的大敗，而這種失敗，竟然發生在她女黑俠木蘭花的身上！

雖然說，木蘭花是一個十分堅強的人，經受得起失敗的打擊，可是這時，她所承受的打擊是如此之沉，這實在令得她已到了精神崩潰的邊緣！

高翔用十分同情的眼光望著她，看他的神情，只想安慰木蘭花幾句，但是他卻不知道應該怎樣開口才好，只好仍是默默相對。

就在這時候，門被打開了，一陣腳步聲傳了過來。木蘭花連忙轉過頭去看，只見走在最前面的一個是方局長，在方局長的身後，跟著兩個中年人！

那正是在不久之前，木蘭花曾經將之當作匪徒的兩個中年人，當這兩個中年人知道和方局一齊走進來時，木蘭花更可以肯定其中一個是安全署長了！

她將被高翔握住的手縮了回來，高翔連忙道：「方局長，署長，蘭花被人利用了，我早已說過，她決不是這樣的人！」

署長和他高級助理的臉色仍然十分憤怒，木蘭花這時則已恢復了幾分鎮定，她向前走去，道：「署長，那件電光衣已經失去了，但是我想，仍然可以追回來的，請給我時間，我將盡我所能去彌補我的過失，請你相信我的話。」

署長和他的助手互望了一眼，兩人的神態和緩了許多，署長咳嗽了一下，道：「究竟是怎麼一回事，請你詳細告訴我們。」

「究竟是怎麼一回事，我如今還不明白，我可以將我的遭遇一字不漏地講出來，我相信，你們將你們所知的也講給我聽，我就可以知道是怎麼一回事了。」

署長點了點頭，木蘭花誠摯的態度，使他對木蘭花有了信心。

署長一點頭，木蘭花本身還不怎樣，站在她身後的高翔倒大大地鬆了一口氣。

那高級助理問道：「如今最要緊的是那件電光衣，蘭花小姐，你在我們那裡取走之後，放到什麼地方去了？」

「我將它還給了石少明。」

署長、助理、方局長和高翔四人一齊互望了一眼，高翔忙道：「蘭花，你有沒有弄錯？石少明博士在四十分鐘之前，已被發現死在他的實驗室中了，石少明年輕有為，他的死亡，實在是科學界的一大損失，由此也可以知道敵人是如何凶狠了！」

「我沒有弄錯，如今，我已知道我見到的那個石少明是假的了，我可以將全部經過向你們講一遍！」

木蘭花示意各人坐下，她便將石少明如何找上門來的經過講了出來，她講得十分詳細，但是卻略述了她如何制服署長和助理的一節！

等到她講完，聽的四個人不禁面面相覷，因為敵人的計畫，實在太精密了。

署長嘆了一口氣，道：「蘭花小姐，敵人的計畫實在太完美了，完美得你在不知不覺中受了他們的利用，可以說全然不是你的過失的程度。」

木蘭花臉色蒼白道：「署長，這是我一生之中最嚴重的一次失敗，如果我不能扭轉這次敗局的話，我是絕不肯干休的，現在，輪到你講有關石少明的一切了。我必須在盡釋心中的疑團之後，才有可能扭轉我的慘重的失敗！」

「好的，」署長立即道：「石少明是一個傑出的科學家，他根據物理光學上有『虛影』存在的原理，創造了反原理，他認為，既然有個不存在的虛影可以給人的眼睛看到，是以也應該有實際存在的東西，但是卻不是人的視力所能看得到的。他的理論，通過了無數次的實驗，已經實現了，他製成了那件電光衣。

「當他製造電光衣的時候，過程是極度秘密的，但是，在某些過程中，他必須有一個助手，他選了一個大學同學作為助手，其間的過程自然極短，但是他的理論，那個同學卻是知道的。不幸得很，他那同學卻是早已被外國特務集團以美人計征服了的。」

「秘密就這樣洩漏出去了，石少明在研究成功之後，外國特務便不斷地來找他的麻煩，使得石少明十分憤怒，他一怒之下，毀去了製造電光衣的過程，和他所研究出來的一連串方程式！」

當署長講到這裡的時候，木蘭花蒼白的臉上不禁現出了幾絲憤怒的紅暈來，她想起了她用王水毀去那個牛皮紙信封的情形！

如果那時，她拆開那個火漆封口看看，她一定可以發現信封內是一大疊廢紙，可惜，在王水的腐蝕下，她並不知道被毀的是什麼！

署長繼續道：「但是，石少明卻保存了那件電光衣，因為這是他研究的心血，他和我們聯絡，想要將電光衣交給我們保管，並且要我們派人保護。當我們瞭解了這件事的嚴重性之後，我們連忙趕來本市，和石少明取得了聯絡，也曾看過實驗，那還是今晚的事。」

「我先離開實驗室，為了安全起見，我的助手是穿著電光衣離開石少明的實驗室的，我們留下了人，秘密監視著石少明的實驗室。」

木蘭花苦笑了一下，道：「當助理先生穿電光衣駕車時，是不是經過我屋前這條路的？」

「是。」助理回答。

「唉，」木蘭花嘆了一口氣，「秀珍站在窗前向外看，她告訴我，有一輛車子是沒有人駕駛，自己在開行的，我卻不信。」

助理「啊」地一聲，道：「原來真的是有作用的，我們在石少明的實驗室中，看到過石少明穿了電光衣之後，在我們的視線中消失，但我穿著電光衣駕車回去，卻並沒有引起驚動，我還以為石少明實驗室中另有古怪，並不是這件電光衣的作用哩。」

「你駕車時沒有人注意，那是因為今天天冷，路上車少，你走的全是郊區的公路，自然沒有人注意了。」木蘭花解釋著。

署長直到這時才繼續道：「我們守在石少明實驗室外的人，不多久，便看到石少明神態有異，匆匆地從實驗室中走了出來。」

「由於我們知道外國特務集團是絕不肯放過石少明的，所以我們對石少明負有極大的責任，我們的人立即跟蹤石少明。」

「在跟蹤中，我們的人發現石少明在好幾個地方，和好幾個行蹤可疑的人接頭，這使得我們的人大大地懷疑起石少明來，因為和石少明接頭的幾個人，都是早經懷疑，或是惡名昭彰的特務分子，我們的人便懷疑石少明早已和外國特務有了聯絡，他給我們的電光衣可能是假的，是掩飾他和外國特務合作的陰謀的。」

署長頓了一頓，才又道：「在那樣的情形下，我們的人作出這樣的判斷，無疑是十分合理的，蘭花小姐，是不是？」

「對，何人都會作這樣的判斷。」

「於是，我們的人繼續跟蹤，一直跟到石少明到達你這裡，我們的人以為你這裡便是外國特務集團的重要聯絡站，於是便採取行動。」

木蘭花不禁苦笑！

「可是，」署長道：「當我們的人一弄清楚，石少明所進的屋子，原來竟是大名鼎鼎，女黑俠木蘭花的住所的時候，便退走了，由於安全署屬下人員是不能隨便暴露身分的，所以他們退走的時候，並沒有說出他們的身分來。」

木蘭花再度苦笑，那當然不能怪安全署的人員，他們做得十分對，敵人實在太狡猾了，他們的計畫竟如此之好，每一個小節都被他們利用了，當時，如果不是安全署人員採取行動，使假冒的石少明看來如同被歹徒追擊一樣，木蘭花又何至於這樣輕易上當呢？

「負責跟蹤的人員退卻之後，和我用無線電聯絡，向我請示應該如何辦，並將石少明沿途和形跡可疑的人接頭的事告訴了我，我也作出了石少明和外國特務已有聯絡的判斷，所以我命令我們的人，等石少明離開你的屋子之後，將他『請』來。」

「至於石少明去見你，是為了什麼，他和你講了些什麼，我們是一無所知的，所以，我們的人就根據我的命令行事。」

署長攤了攤手，道：「結果，『請』到的是你，偽冒的石少明。」

木蘭花搖頭道：「應該說，我是偽冒的偽冒石少明。」

署長點頭道：「對，來見你的那名石少明，當然也是偽冒的了，他可能是故意和他的自己人接頭，然後再到你這裡來，我們的人竟被他利用，客串了匪徒！」

木蘭花站了起來，來回踱了幾步，道：「現在，事情已經很明白了，各方面的事都已銜接起來了，那個偽冒的石少明，或者是天生的，或者是經過化裝的，總之，他和石少明極其相似，他是早已偷進了石少明的實驗室的，在你們到達之前，可是，他還未曾來得及採取什麼行動，你們就到了，接著，他看到你們帶著電光衣離去，他便想到了來利用我，將電光衣搶回去，乖乖地交到他的手中，而我居然被他利用了！」

木蘭花的神情異常激憤，她竟然反諷地笑了兩下，道：「不但我給他利用了，連秀珍也落到了他的手中，我完全中計了。」

高翔「啊」地一聲道：「是啊，秀珍她——」

木蘭花揚了揚手，阻止了高翔的話，道：「所有海陸空交通要道都應該立即加以嚴密的封鎖，來防止對方離開本市。」

「已經這樣做了，」方局長回答，「只不過當時下達這項命令，是為了對付你的，蘭花。」

木蘭花道：「那很好，請問，石少明屍體發現的經過怎樣？」

「當你離開之後，」署長道：「我們想到石少明可能也不安全，是以我們立即再派人到石少明的實驗室中去，才發現他已死了。」

「他死了多久，怎麼死的？」

「他是中槍死的，死得十分慘，他死的時候，根據法醫的判斷，就是在那個偽冒的石少明離開實驗室的那個時候。」

木蘭花緊緊地握著拳頭，從石少明的死這一點上，她更意識到了敵人的險惡，而且，很顯然，那個假扮石少明的人，就是在敵人中有著極高地位的人，自己竟一時不察上了大當，將電光衣交到了他的手中，還賠上了穆秀珍。

木蘭花心中亂得可以，她不斷地告誡自己：鎮定下來，這樣凶惡的敵人，必須全神貫注地去對付，稍一疏忽，自己更會吃大虧的。

她默然地站著，一聲也不出，其餘各人也保持著沉默。

就在這時候，電話鈴突然響了起來。

木蘭花拿起了聽筒，只聽得那是一個男子的聲音，那聲音她一聽就聽出，正是那個偽冒的石少明所發出來的。

那傢伙道：「蘭花小姐麼？」

木蘭花沉聲道：「是，石先生。」

「哈哈，你還這樣稱呼我麼？我想你如今應該什麼都明白了，是不是？謝謝你的幫助，但是你對我們的幫助，卻還有進一步的必要。」

當木蘭花講出了「石先生」三字的時候，高翔便立即在電話中加上了一個儀器，這個儀器使得屋中的人都可以聽到電話的聲音。

方局長等人都全神貫注地聽著。

「你們還想怎樣？」

「我們想在最短期間內將這件電光衣運出去，這非要你的幫助不可，條件是我們保證穆秀珍小姐的舒適和安全，怎麼樣？」

木蘭花向高翔做了一個手勢，問他有沒有方法查到電話的來源，高翔搖了搖頭。

木蘭花冷笑了一下道：「如果你們以為我在如今這樣的情形下，還可以為你們運電光衣出去，那未免太天真了，我不能再幫你們了，實在抱歉得很。」

那個「石少明」在電話中「嘖」地一聲，道：「那未免太可惜了，電光衣運不出去，可愛的穆秀珍小姐只怕——唉，我還是不說的好。」

「喂，你們——」木蘭花急急地說著。

可是，她只講了三個字，「卡」地一聲，對方已收線了。

木蘭花放下了電話，抬起頭來。

高翔忙道：「蘭花，不要沮喪！」

木蘭花臉上的神情確然十分沮喪，所以高翔才會這樣安慰她的，但是高翔卻不知道，木蘭花的心中已下定了最強的決心，要和敵人周旋到底！

她來回地踱著步，如今，是一點頭緒也沒有，敵人是何方神聖，組織如何，誰是首腦，在什麼地方，她一無所知，可以說一點線索也沒有！

而且，電光衣已到了他們的手中，不但如此，連穆秀珍也在他們的手中，敵人方面占盡了上風，木蘭花要經過極其艱苦的鬥爭，但是究竟能不能反敗為勝卻仍然不知道。

她唯一可以說是占點上風的，是她知道敵人正急著要將電光衣運送出去！

她沉聲道：「方局長，署長，請你們一面下令，加強海陸空交通的封鎖，另一方面，請軍隊協助封鎖工作的進行！」

「有必要麼？」方局長皺了皺眉。

「完全有，若是這件電光衣被敵人運出了本市，那他們就成了漏網之魚，我們可能連這東西究竟是落在什麼人的手中都不知道了。而等到敵人研究出電光衣的秘密之際，只怕世界末日也快要來臨了，所以必須先將敵人困在本市！」

木蘭花精闢的見解，使得署長和他的助理不住地點頭，署長忙道：「行，這件事由我來負責好了，半小時後，軍隊就可出動了。」

木蘭花轉過頭去，道：「高翔，那個偽冒的石少明一定會再打電話來的，要盡快地裝置追蹤電話來源的設備，做得到麼？再就是查一查這個電話號碼的地址。」

那電話號碼是偽冒的石少明給她的。

「當然可以，二十分鐘內可以完成。」

「還有一件事要你幫忙，我要外國特務集團，以及專做特務集團生意的犯罪組織，和一些個人的資料，以及近來他們活動的動態。」

「可以，我立即命人整理了送來。」高翔又答應了下來，然後才道：「蘭花，我們現在怎樣開始採取行動對付他們？」

「我們？」木蘭花苦笑著，搖了搖頭，「我們如今處在極端的下風，我們根本不能採取什麼行動，我們只好等者，等機會出現。」

「那麼秀珍——」高翔焦急地問。

木蘭花閉上了眼睛，深深地吸了一口氣，她何嘗不為穆秀珍的安危而著急！可是又有什麼辦法？

過了片刻，她才徐徐地道：「希望秀珍自己會照顧自己，如果她能夠化險為夷，那麼我們就可以得到有關敵人的最直接的資料了，不知她能不能？」

沒有一個人出聲，因為沒有一個人知道穆秀珍如今的處境究竟怎樣，在一無所知的情形下，自然也沒有人可以作出斷言來的。

5 不是對手

當木蘭花穿著「石少明」的衣服，假冒「石少明」離去之後，穆秀珍和「石少明」又一齊回到了屋中。

她望著扮成了女人的「石少明」，不住地發著笑。

「石少明」十分窘，尷尬地道：「穆小姐，我們也該走了，我這樣子實在有一點不自在，你看，這太滑稽了。」

「石少明」越是坐立不安，穆秀珍的心中越是好笑，她一本正經，道：「不行，蘭花姐將你交給我保護，我當然要盡力而為。」

她講到這裡，豎起了一隻手指，道：「第一，要再過十分鐘才能走；第二，你不要這樣坐立不安，可能會給監視我們的人看出破綻來的。」

「石少明」無可奈何地坐了下來，他的確坐立不安，但是他的不安，絕不是因為他扮成了女人的原故，而是恰好他扮成了女人，這掩飾了他不安的真正原因，所以穆秀珍根本未去注意他的神態有什麼可疑之處，只覺得可笑而已。

過了十分鐘，穆秀珍和「石少明」一齊由後門離開了屋子，他們出了後門，在黑暗之中，急匆匆地向前走出了半哩。

然後，穆秀珍弄開一輛汽車的車門，笑道：「我們借這輛汽車來用用。」

「石少明」有點摸不著頭腦地問：「你認識車主人麼？」

穆秀珍笑了起來，道：「當然不認識，可是為了要保護你這個科學家，那又有什麼法子？只好暫且作一回偷車賊了。」

他們兩人相繼上了車子，穆秀珍才道：「你的住所在什麼地方？」

「石少明」向前一指，道：「向前駛。」

穆秀珍駕著車向前駛去，她們住的地方本來已經是郊外了，「石少明」要她駛去的方向，是更遠離市區的，是以越來越是荒涼了，在寒風呼號之中，簡直一個人一輛車也看不到，穆秀珍不禁咕噥道：「你怎麼住在這樣的鬼地方？」

「石少明」道：「我要清靜，你再向前駛去，可以看到一輛大卡車，你看，這不是麼？大卡車已經在前面了，看到了沒有？」

穆秀珍向前看去，果然看到在公路的避車處，有一輛大得異乎尋常的大卡車停著，有幾個人正在卡車旁搓手頓足，祛除寒氣。

穆秀珍點了點頭，說道：「看到了，那又怎麼樣？」

「駛到卡車旁邊，停下來。」

「為什麼？」秀珍奇怪地問。

「不為什麼，從現在起，你要聽我的命令去做。」「石少明」的聲音突然變得十分陰森，這令得穆秀珍更驚訝地轉過頭去看他。

穆秀珍不但看到了表情前後判若兩人的「石少明」，她也看到了「石少明」手中所握的那柄槍；更令得她覺得不愉快的是，「石少明」手中的槍正對準了她的胸口。

穆秀珍呆了一呆，道：「石先生，你……你是在做戲？這算是什麼？」

「哈哈哈哈！」「石少明」放肆地笑了起來。

穆秀珍伸手想去奪他手中的槍，但是「石少明」毫無憐惜的一拳，已擊中了穆秀珍的下頷，使得穆秀珍的身子突然向後一仰。

車子失去了控制，突然一個轉彎向路邊撞去。

但是「石少明」的動作卻極其靈活，就在車子將要和路邊的山石相撞之際，他狠狠地踩下了剎車掣，車子及時地停了下來。

那時，離那輛大卡車只不過五六碼了。

在卡車旁的幾個人立時向前奔了過來，他們奔得十分快，穆秀珍剛來得及將身子坐直，還未曾來得及去搓揉她被擊的下巴，已有兩柄槍伸進車窗，對準了她，另外有一個人拉開了車門，喝道：「快出來，別想拖延時間。」

穆秀珍在這時幾乎疑心自己突然做了一個惡夢，此際還身在夢中，因為這一切，實在發生得太突兀，太不可測了！

但是，她的下頷在隱隱作痛，這告訴她，那不是做夢，是真的！但如果是真的，好端端的石博士如何又成了凶神惡煞呢？

她抬起頭來，在毫無反抗餘地的情形下，她當然只好遵照吩咐，跨出車子去，她看到「石少明」也已出了車子。

「石少明」一出車子，便有一個大漢笑道：「首領，你怎麼——」

那大漢只講了一半，想是知道自己闖了禍，不能再講下去了，因之突然住了口。

可是，卻已經遲了，「石少明」陡地跳前一步，手揚處，快疾無比的一掌，向那個大漢的左頰用力地摑了出去！

那大漢的身形看起來要比「石少明」粗壯一倍有餘，但是「石少明」的那一掌，竟將那大漢打得一個踉蹌，跌倒在地上。

「石少明」厲聲道：「對首領不敬，可以使你受到最嚴厲的懲處，你知道麼？」

那大漢摸著臉，爬了起來，臉如死灰。

「石少明」繼續下令道：「快，一齊上大卡車去。」

穆秀珍被兩個大漢擁著，上了大卡車。

那輛大卡車的構造，頗有點像是冷藏車，它的外殼十分厚，是以雖然在外表看來大，但是裡面空間卻並不是十分大。

而且，那不是十分大的空間，還被分成了三格，一上了車，穆秀珍就被推進了其中的一格，一扇厚厚的門也立時「砰」地關上了。

穆秀珍被關了起來，她被關在一個只有三呎見方的小空間中，那小空間中有一張椅子，她在那椅子上坐了下來之後，幾乎沒有法子動彈了。

在她的頭頂，有一盞很暗的燈，和一柄小小的抽風扇在呼呼地轉動著。

門一關上，穆秀珍便大力地擂著門，並且叫著。可是，她的抗議卻是一點反應也得不到，車子已經駛走了，穆秀珍也知道，自己的聲音是不可能傳到外面去的，所以，她也靜了下來。

這時候，她的腦子中混亂到了極點，她根本不明白這究竟是怎麼一回事，為什麼石少明忽然那樣凶惡，而自己又被囚禁在這樣的一個小空間之中！

但是有一點，她卻是可以肯定的，那便是：她上當了。

不但是她上當了，連木蘭花也上當了。

木蘭花也會上別人的當，這似乎是不可能的，但是若不是兩人都上了當的話，又怎會有這樣的局面出現呢？她只好胡思亂想地來打發時間。

約莫過了半小時，由於身子的傾側，使她知道車子已在疾駛中停了下來，穆秀珍全神貫注，車子既然停了，一定會有人打開車門。

她舉著那張椅子，準備一有人打開門，她就先拋出那張椅子，接著，自己也不顧一切地向外衝出去，拚個你死我活。

可是，她舉著椅子等了好久，並沒有人來開門放她出來，她的手臂倒有點疲了，她不得不放下手來。不多久，又舉起了椅子等著。

但是一連幾次，看看已過了半小時之久，仍是沒有人來，穆秀珍不禁大是失望，頹然坐了下來，叫道：「喂，人全死絕了麼？」

她這句話才出口，便聽得頭頂上傳來一個人的聲音，道：「喂，穆小姐，請你不要出口傷人，好不好？」

穆秀珍見自己罵了一句，便有人答了腔，不禁大是得意起來，抬起頭來向上看去，她自然看不到有人，但是她卻道：「哼，我要是不罵，你們怎肯出聲？」

那聲音道：「我們遲早也要出聲的，穆小姐，現在，我傳達首領的幾項命令，這幾項命令，你必須要遵守！」

「哈哈，你們那扮女人的首領有什麼狗屁命令？」

上面那聲音停了半晌未出聲，顯然是他若是立即傳達那命令的話，就當真成了「狗屁命令」了。

過了足有三分鐘，那聲音才道：「你在車中當然不會舒服，如果你保證不作無謂的反抗，那麼，你就可以得到一個較為舒適的環境。」

穆秀珍心想，在這裡，比關在籠子中更不像話，若是能夠轉換一下環境，那是很好的事，但要她不反抗，那卻也是不可能的。

她眼珠轉了一轉，道：「我答應不作無謂的反抗。」

她講完之後，幾乎忍不住「嗤」一聲笑了出來，因為她只答應不作「無謂的反抗」，如果是有效的反抗，那自然不在此例了。

那聲音續道：「好，將你的手放在頭上。」

穆秀珍相信敵人是可以通過電視傳真看到她的動作的，是以她立時將雙手放到了頭上，但在她將雙手放到頭上的同時，她的右足向前伸出了半步，這樣，可以使她的右足在極短的時間內向上踢出！

她手才一放好，「卡」地一聲響，門便打了開來，穆秀珍一腳向前踢出，踢在門上，接著，身子一側，肩頭向門撞了過去。

這兩下動作，全是極其有力和快疾的，這扇厚厚的門立時被穆秀珍撞了開來，穆秀珍還聽到了「砰」地一聲響，和一個人的慘叫聲，她自己也因為用力過度而跌了出去。

她還未曾站起來，突然一張網已向她罩了下來，那張網迅速地收緊，將她的上半身全都罩在網中，她的雙手也無法動彈了。

穆秀珍雖然被網罩住，但是她還是生龍活虎也似地跳了起來，雙腳連忙向前踢了出去，她根本看不清敵人是什麼樣子，只是看到人影，雙腳便已踢了出去。

車廂之中十分狹窄，根本沒有迴旋的餘地，剛才那張網罩了下來，穆秀珍避不開去，也就是因為這個原故。

這時候，她踢出了兩腳，立時有兩個人應聲而倒，其中一個，身子向後直仆了下去，跌出了車廂，還將另一個正想鑽進車廂來的人也撞跌了，穆秀珍趁此機會躍下了車廂，到了車外。

她來不及注意周圍的環境，便又向前衝了過去，在她的面前，足有七八個人之多，可是一看穆秀珍像牛也似地衝了過來，都驚叫一聲，一齊散了開去。

穆秀珍一面向前衝著，一面盡力掙扎著，想將身上的網掙脫，然而，就在這時候，一條人影從斜刺裡疾竄了過來。

穆秀珍猝不及防被那人猛地撞了一下，被撞得「騰騰」退出了兩步，才站定了身子，她看清那人是「石少明」，「石少明」便又揮著掌，向她劈了過來！

穆秀珍的上半身完全被那張網箍緊著，她的雙臂全然沒有動作的可能，在這樣的情形之下，她自然是極其吃虧的了。

但是，穆秀珍卻絕不氣餒，她身子一側，逃開了「石少明」的那一掌，趁勢跌倒在地，向前一滾，雙足去踢「石少明」的足踝。

「石少明」一躍而起，舉足便向穆秀珍踢來。

本來，在這樣的情形下，穆秀珍可以手在地上一按，整個人在地下彈起來，雙足絞向對方的頭頸，那立即可以取勝了，但這時，她的雙手卻無法動作！

沒有了手一按的勁道，她的身子當然是躍不起來的，而她又不能不避開踢向頭部的那一腳，是以她只得身子滾動，避了開去。

她才一滾開，「石少明」的第二腳跟著又踢了出來，穆秀珍除了再在地上滾動之外，一點也沒有別的辦法，實在是十分狼狽！

這時候，只聽得四周圍有人大聲叫起好來。

穆秀珍的心中憤怒到了極點，她一聲大叫，就在「石少明」一腳踢過之際，她的身子猛地向上一躬，後腦和足跟同時在地上一彈，身子硬生生地蹦起了一呎高下來，令得「石少明」的那一腳踢空，穆秀珍卻有了還腳的機會。

她雙足狠狠地蹬了出去，「石少明」急忙側身以避，可是卻慢了一步，穆秀珍的右足蹬空，但是左足卻正蹬在「石少明」的小腿上！

若不是穆秀珍那一蹬由於方向和姿勢的關係無法全力以赴，這一蹬足可將「石少明」的小腿骨立時蹬斷！

這時，「石少明」的小腿骨雖然未曾立時斷裂，卻也痛得他怪叫一聲，後退了一步，重重地坐在地上，起不了身。

四周圍許多人在穆秀珍狼狽滾避的時候，本來是在不斷地叫好喝采的，可是這時，他們的首領忽然之間怪叫倒地，見機的立時住了口，不見機的叫了半聲「好」，連忙摀住了自己的口，不敢再出聲，剎那間頓時靜了下來。

穆秀珍的身子落下地來，一側一屈，已站了起來。這時，雖然她仍然身在匪窟，可是她心中的得意卻是難以形容的。

她「哈哈」笑了起來，道：「喂，起來，怎地你那樣不濟事？哈哈，你看，我等於綁住了雙手，你還不是我的對手，那實在太差了！」

「石少明」掙扎著從地上站了起來，他面上一陣紅，一陣白，狠狠地望著穆秀珍，穆秀珍道：「來啊，不服氣的，可以再來過。」

「石少明」向前踏出了一步，可是小腿上的一陣疼痛，卻令得他幾乎跌倒，他怒叫道：「將她押下去，關在第七號密室中！」

「石少明」的聲音才一出口，立時便有人答應道：「是！」兩個大漢各自執著槍，向穆秀珍一步一步地逼了過來！

他們兩人手中雖然有著武器，且穆秀珍的上半身仍然未能掙脫那張網，可是，那兩個大漢在向穆秀珍逼近的時候，還是一副提心吊膽的神情。

穆秀珍更是大覺自豪，她四面一看，這才發現自己像是在一個極大的貨倉之中，貨倉中堆著許多大木箱，有著不少人在圍觀，至少有二十個之多。

穆秀珍心知自己再怎樣拚命，也絕不能敵得過那麼多人的，在這樣的情形之下，她索性裝得大方些，向那個大漢道：「別怕啊，你們是小嘍囉，不值得我動手的。」

那兩個大漢的面色尷尬到了極點，只得仗著大聲呼喝來掩飾他們的狼狽，他們呼喝道：「快向左轉，向前走去。」

穆秀珍這時候心中已經漸漸有一些明白了。她料到了那個絕不是真的石少明，而是一個匪黨的首領，自己和木蘭花全上了他的當，可知他也不是容易對付的人物。

從他一下車，就狠狠地掌摑他的部下這一點看來，這人還是一個十分辣手的人，但是他捱了自己一腳，卻並不立時發作，可知他還要利用自己，那麼，自己的安全暫時是沒有問題的。

穆秀珍心中想：蘭花姐常說我自己不會照顧自己，如今倒是我自己照顧自己的好機會了，她這樣一想，更是不肯亂來了。

是以，她向左轉向前走去，在兩排大木箱中間經過，到了一扇門前。

在她身後的兩個大漢中的一個，取出了一具小型的無線電操縱儀，按下了一個掣，那扇門便自動地打了開來，裡面是一間小得可憐的房間，房間內什麼也沒有。

穆秀珍以為那一定就是所謂的第七號密室了，她大步踏了進去。

可是就在她一步踏進去之後，那大漢又按下了無線電操縱儀上的另一個掣，小室左邊的牆壁向上升起，現出了通到下面的石級，那兩個大漢道：「向下走去，別反抗，我們要放槍了。」

穆秀珍挺了挺身子，說道：「將我身上的網除去！」

那兩個大漢喝道：「胡說，快進去！」

兩人一齊扳下了手槍上的保險掣，看來他們像是隨時可以發射子彈的，但是穆秀珍卻早已看穿了他們沒有接到命令，是不會傷害自己的，所以，她一點也不害怕，反倒笑了起來，道：「你們別裝模作樣了，你們若是敢射一槍，我算你們是好漢！」

那兩個大漢面面相覷，神色狼狽，僵持了片刻，才道：「穆小姐，如果你真的不聽從命令，我們是可以射傷你的。」

穆秀珍知道他們兩人所講的這一句倒是實話，她道：「你們的首領準備將我怎麼樣？告訴他，我立刻要見他。」

「我們可以轉達你的請求，但你現在要立即下去！」

穆秀珍心中暗忖，吃眼前虧是不划算的，若是自己不進去，他們射傷了自己，那就算以後有逃走的機會，也沒有力氣逃了。

所以，她也不再堅持，反正她也將敵人調侃得夠了，敵人雖然俘虜了她，可是直到如今為止，她卻還是一個勝利者。

穆秀珍走進了那幅牆，那牆立時落了下來。

穆秀珍向下看去，仍有三五十級石階，通到下面的一扇門前，下面並沒有人，穆秀珍向下走去，到了那扇門前，那扇門又自動打了開來。

她向內一望，出乎她的意料之外，門內竟是一間佈置得相當舒服的起居室，穆秀珍不由自主便向房內走進了兩步。

當她走進了兩步之後，她立即想到，自己進了這房間，再要逃出來，便多一層障礙了，自己不應該走進來的。

她一想及此，連忙向後退去。

可是才退出一步，「砰」地一聲響，門已關了起來，她被困在這屋子之中了。

穆秀珍完全被困在房間之中時，她反倒鎮定了下來。

她先用力在一張茶几的角上推擦著，將箍在身上的網弄鬆，終於掙脫了網，然後，她仔細地打量著那間房間中的一切。

她在不到十分鐘的時間內，便至少發現了裝置在暗處的兩支電線攝像管和兩具偷聽器，她知道自己在密室中，但是一舉一動，任何聲音都有人監視著。

她大模大樣地在沙發上坐了下來，大聲道：「喂，一點喝的吃的東西也沒有，這樣的待遇未免太差了，不怕我因之死去麼？」

她的話剛一聽完，立時在屋角處有聲音傳了出來：「在你的左手邊，是通向廚房的門，廚房中有足夠你吃喝半年的食糧。」

穆秀珍連忙跳了起來，望向左面。

那裡並沒有門，只掛著一幅畫。但穆秀珍立即看出，那幅畫是一扇暗門，她走過去，托住了畫軸，將門升了起來，果然，裡面是一個設備十分完善的廚房。

廚房是使用石油氣的，有一個石油氣灶。

這時，聲音又自她身邊響起，道：「看見了沒有，如果你肚子餓了，你大可以隨心所欲地來煮東西吃，不必付錢的。」

穆秀珍轉過身來，大聲道：「謝謝你。」

她走進了廚房中，仔細地察看著廚房的每一個角落，並沒有監視的電視攝像管裝著，這是敵人的一項大疏忽！

她還是不放心，因為可能是她沒有發現，是以，她在廚房中做出種種怪動作來。

那是她故意這樣的，她相信，如果她在廚房中的動作仍然被監視著的話，那麼監視她的人忽然間看到她做出那麼多不可解釋的怪動作來，一定會忍不住問她究竟是在幹什麼。

穆秀珍連續做了十分鐘之久，並沒有什麼反應。這證明廚房中是沒有電視攝像管的，也就是說，她在廚房中不論做什麼，對方都不知道。

那無疑是對方的損失，可是自己在廚房中，又有什麼可做的呢？

穆秀珍冷靜了下來，來回地踱著步，過了片刻，她突然想到，如果在廚房中躲得太久而不出去的話，那麼對方是會起疑心的，自己還是在廚房中煮一點東西吃的好。

於是她忙了起來，等她準備好了器皿，扭開石油氣罐上的掣，點著了火之際，她的心中陡地一動，興奮得幾乎叫了起來！

她連忙停止了一切動作，將自己在突然之間想到的計畫又想了一遍，這是一個可以行得通的計畫。

執行這個計畫是需要冒險的，但是，天下能有不冒險就可以成功的事麼？

她回到了房間中，大聲道：「喂，我曾說過要見你們首領的，你們可曾替我轉達？為什麼他到現在還不敢來見我，可是害怕麼？」

她大聲的責問，不多久便得到了回答：「首領出去了，和木蘭花小姐去會面了，他一回來之後，自然會立即來見你的。」

「他什麼時候回來？」

「我們也不知道。」

「哼！」穆秀珍假裝十分不滿意，但是她的心中卻是十分高興，那傢伙不立即來見她，那使得她有時間去佈置她的計畫。

她煎的薄餅已煎熟了，她熄了火，然後，將石油氣罐上的掣關掉，將石油氣喉自灶上拉了下來，再提著石油氣罐，將石油罐放在靠近廚房門的地方。

然後，她又將氣喉塞在衣服中，端著薄餅，慢慢地向外走來。

當她向外走的時候，藏在她衣服中的氣喉自然慢慢地滑了下來。

但是，由於她身子的掩遮，除非剛好有電視攝像管對準了她的身後部分，不然是不容易發覺的。

而她早已找到了安裝電視攝像管的秘密所在，所以她懂得利用自然的動作去避開它，這樣，她順利地將氣喉拖了出來，氣喉的一端，在一張沙發之旁。

6 意外中的意外

穆秀珍如果坐在這張沙發上，那麼她一伸手就可以拿起氣喉來，這正是她的目的，她一面用著十分可笑的動作啃著自己煎的薄餅，以吸引監視她的人的注意，一面用腳將地毯弄得凸起來，將地上的氣喉遮住了些，不致於那麼容易被看得出來。

等到她一切全佈置好之後，她就坐在沙發上等著。

她大約每隔上十分鐘，便向傳音機催著「石少明」來見她。

在催了三四次之後，她聽到了有腳步聲傳過來的聲音，穆秀珍的心中不禁十分緊張起來。

她挺了挺身子，果然，不多久，門「啪」的一聲，打了開來，「石少明」帶著兩個大漢走了進來。

「石少明」的臉上滿是笑容，和在貨倉的時候，他被穆秀珍蹬了一腳時那急怒交加的神色，簡直不可同日而語，他一進門，就「哈哈」大笑了起來。

穆秀珍一瞪眼，道：「你笑什麼？」

「石少明」得意洋洋地道：「人家都說女黑俠木蘭花怎麼了不起，怎麼了不得，哈哈，原來也是一個飯桶！」

穆秀珍霍地站了起來，但是她剛一站起來，便想到了她的計畫，是以連忙又坐了下來，大聲道：「放屁，你及得上蘭花姐麼？」

「石少明」向前走出了兩步，在他身後的兩個大漢，連忙取出了槍來，對準了穆秀珍，那是防止穆秀珍對「石少明」突然攻擊的。

穆秀珍見了這等情形，不禁冷笑了起來，道：「你還在說我蘭花姐沒有用？你看看，連我，你都那麼害怕，要帶兩個保鏢才敢來見我！」

穆秀珍的諷刺，使得「石少明」有點尷尬，他連忙道：「你當我是怕你麼？」他轉過身子，向那兩個大漢揮手，道：「走，你們走！」

那兩個大漢順從地退了出去。

為了爭回面子，「石少明」將那兩個大漢打發走了，可是對著無懼的穆秀珍，他的心中自然不免有著一股怯意，是以，當那兩個大漢退了出去之後，他也後退了一步，和穆秀珍保持著相當的距離，同時，他也取出了槍，提在手中。

他冷笑道：「木蘭花當然是大飯桶，她竟聽了我的話，將國家安全署署長當成了敵人的特務，在他的手中，將那件電光衣搶了回來，交到我的手中！哈哈，這次我的成功，將會震驚全世界，而且，由於你在我的手中，木蘭花還不得不服從我，幫助我將那件電光衣運出去，運到我需要的地方去！」

如果穆秀珍那時相信了「石少明」所講的話，那麼，她的心中一定難免十分沮喪，對於她佈置好的計畫的實行，當然也大有妨礙了。

可是，此際「石少明」所講的雖然全是實話，但是穆秀珍卻根本不相信，以為那是對方特意編造出來的「鬼話」！

她若無其事地笑了笑道：「是麼？嗯——有煙麼？」

「有。」「石少明」取出了煙盒，拋了一支給穆秀珍，穆秀珍將煙含在口中，「石少明」自己也取了一支，放在口上。

一看到「石少明」也取了一支煙，穆秀珍更高興得幾乎叫了起來，她看到「石少明」用打火機燃著了他的煙，吸了幾口，便道：「過來，將我的煙點上。」

「石少明」冷笑了一聲，拋過了打火機來，道：「你自己點罷。」

穆秀珍並不伸手去接，任打火機落在地上，道：「哼，連這點禮貌都不懂，我自己有火柴，誰要你們的臭打火機！」

她站了起來，轉身走進廚房，取了一包火柴出來。

而她在取火柴的時候，已將石油氣罐上的控制掣打開了，她立即退了回來，坐在沙發上，道：「好了，你如今要我怎麼辦？」

「石少明」道：「我已和木蘭花通過了一個電話，她還不怎麼願意答應，所以，首先，我要你和她通一次電話，告訴她，如果她不答應我的要求，那麼，我就先在電話機旁用香煙燙你，讓她聽聽你在受燙之後的尖叫聲，她就會答應了。」

當「石少明」講到「用香煙燙你」之際，夾在手指中的香煙向前伸了伸，也就在這時，穆秀珍聞到石油氣的氣味了。

石油氣本來是一種無色無臭的氣體，但是為了易於鑒別是否漏氣，廠商便加上了一種特別的氣味，穆秀珍一直在注意著這種氣息，所以她首先聞到了。

在她聞到氣味的時候，「石少明」還未曾注意，穆秀珍一伸手，抓住了在沙發下的那氣喉。

石油氣的比重比空氣大，所以若是任由它自然洩出，它是在接近地面處瀰漫的，但是罐裝的石油氣是經過極大的壓力，將之壓成液體狀態而裝入罐內的，所以當它洩出之際，它是以一種極高的速度向外噴射出來的，穆秀珍這時握住了氣喉，將氣喉向上，對準了「石少明」手上的香煙！

石油氣是十分易燃的氣體，當石油氣噴向「石少明」手中的煙頭之際，一切全在百分之一秒之內發生，「砰」地一聲，一大蓬藍色的火焰突然爆了開來，「石少明」嚇得身子猛地向後退去，手中的香煙也落了下來。

由於石油氣的洩出，已經過了相當的時間，地面上已有不少石油氣積聚著了，所以，當香煙落下之之際，又是「轟」地一聲，地上的石油氣立即燃燒了起來。

這兩個意外，乃是接連而來的，任何人在這樣的意外之中，都不免會驚惶失措的，「石少明」自然也不能例外。

但是，那突如其來的火焰，對穆秀珍來說卻並不是意外，而是意料之中的事情，因為那正是她成功的表示。

她在「石少明」向後退出之際，身子便猛地向上，隔著一大片火焰，向「石少明」撲了過去，左掌疾發，劈向「石少明」的頸際，在她的掌緣和「石少明」的頭頸相碰之際，發出了極其響亮的「啪」地一聲，而在「石少明」的身子一側之際，她已經將槍奪了過來。

房間中，石油氣繼續外洩，火也在持續著，而且氣喉已經燃燒了起來，向石油氣罐接近了過去，火頭如果燒到了石油氣罐上，那便是一件十分危險的事情了。

所以，穆秀珍一奪槍在手，左手又反手一抄，抓住了被她那一掌砍得半死不活的「石少明」，拖著他便向門外衝去。

穆秀珍之所以能夠這樣快便衝了出去，那還得多謝「石少明」的兩個保鏢，他們兩人雖然被「石少明」喝退了，但是他們卻小心過了頭，唯恐房間內有意外發生時，他們不能及時趕到，是以並沒有將門關上，只是虛掩著，可以使他們及時衝進來。

當穆秀珍一拉開門時，恰好在門外的那兩個大漢也覺察到事情有些不妙了，他們狼狽地向門內衝了進來，門一開，穆秀珍的身子一側，讓開了他們，讓他們兩人衝了進去，緊接著，穆秀珍拖著「石少明」出了門，順手「砰」地一聲，將門關上。

她拖著石少明，向石級上飛奔了出去，那道暗牆也打開著，她衝出了暗牆，撞開了門，到了那個龐大無比的貨倉之中。

本來，穆秀珍還沒有那麼容易就可以帶著「石少明」衝出貨倉去的，但是，也就在這時，石油氣罐發生爆炸了。

那一下爆炸之烈，實是出乎穆秀珍的意料之外的，被穆秀珍以巧妙的手法關在房中的那兩個大漢，一定被炸得粉碎了。

而在「轟」然的巨響之後，所發生的震撼，令得整座貨倉都為之震動，許多木箱和木桶都一齊倒了下來，砸傷了不少人。

就算還有的人未曾碰傷，在那樣的情形下，也只顧逃命了。

穆秀珍逃開了向她壓下來的幾隻木箱，將「石少明」拖到了那輛大卡車之旁。她在「石少明」的後腦上加了一掌，將他塞進了車頭，她自己則跳上了駕駛位，踩下油門，重噸位的大卡車發出吼聲，向前衝去，所有在前面攔阻的木箱全部被壓碎，大卡車一直衝到了門口。

穆秀珍後退，再前進，隆然巨響，大卡車撞開了門，向外衝了出去！

直到大卡車衝出了貨倉門，才聽到零落的槍聲自身後傳了過來，那些槍聲對穆秀珍來說，比蚊子叫更少威脅性！

大卡車直衝上了公路，穆秀珍也不辨方向，向前疾駛了出去，直到駛到了一個十字路口，根據路標，她才知道自己是在什麼地方。

她轉了一個彎，將大卡車向家中駛去。

三十分鐘後，那輛大得出奇的卡車，已經停在她家的門口了，令得穆秀珍出奇的是，幾乎有五十多名警員立時上來，將大卡車團團圍住。

穆秀珍在車中探出頭來，道：「喂，怎麼一回事？」

那時，木蘭花、高翔、方局長和署長都在等著「石少明」的電話，木蘭花估計「石少明」是會再打電話來找她的，木蘭花的估計沒有錯，「石少明」本來的確是會再打電話來找她的，但是「石少明」卻在他的總部遭到了意外。

他被穆秀珍制服了，木蘭花當然沒有等到他的電話，是以，當大卡車的剎車聲驟然傳來之際，木蘭花等人都感到十分意外。

他們轉過頭向大門外望去之際，也都聽到了穆秀珍高叫的聲音，一時之間，木蘭花、高翔和方局長三人幾乎不相信自己的耳朵！

但是，穆秀珍的聲音又傳了過來，那卻是不能令人不信的事，穆秀珍又高叫道：「這是為什麼？將我圍住，當我是江洋大盜麼？」

木蘭花已首先向外奔了出來叫道：「秀珍！」

「蘭花姐！」穆秀珍一縱身，從車上跳了下來，「蘭花姐，那個假冒石少明的傢伙已經給我捉住了，只是不知是死是活！」

木蘭花站住了，穆秀珍突然回來，在她來說，那已是意外之極的事情了，而穆秀珍竟捉到了假冒的「石少明」，那更是意外中的意外了。

她才一站定，穆秀珍已奔到了她的面前。

「那傢伙就在車上。」穆秀珍興奮地道：「他已被我擊昏過去了，我被他捉到他的總部之中，可是，他卻反被我揪了出來。」

這時候，早已有兩個警官將昏迷不醒的假冒的石少明抬了出來，一個醫官正在設法將他弄醒，木蘭花也不能不信了。

她緊緊地握住了秀珍的手，也來不及問穆秀珍其間經過的情形了，她只是不斷地道：「秀珍，你真有本事，你真有本事極了！」

穆秀珍從來也未曾受過木蘭花這樣的稱讚，而且這時，在她的身邊，又有著那麼多人，這更使得她高興到了極點。

她居然也客氣了起來，道：「哪裡，蘭花姐，我全是跟你學的。」

木蘭花搖了搖頭，道：「我？我太慚愧了！」

安全署長擠進了人叢，道：「這位一定是穆秀珍小姐了？是不是？」

穆秀珍這時心中十分高興，是以在應對之間，居然也變得有禮貌得多了，若是在平時，她一定一瞪眼，道：「你是誰？」可是這時，她卻極有禮貌地說道：「是啊，閣下是——」

署長並沒有表露他的身分，但是他的神態，卻使穆秀珍知道他是一個十分重要的人物。

署長問道：「那件電光衣呢？」

「電光衣？」署長的話，令得穆秀珍呆了一呆，「電光衣？我怎麼知道電光衣在什麼地方？你這人真是好沒道理！」

木蘭花連忙道：「秀珍，我們進屋去再講。」

署長也道：「是，進屋去再講。」

那時「石少明」總算也已醒了過來，但是卻還是連站也站不穩，高翔架著他，一齊回到了屋子中，一進屋，高翔一側身，便任由他倒在地上。

方局長在「石少明」的對面坐了下來，厲聲道：「你的底細，我們已完全查明白了，你是黑龍黨漏網的首腦之一，在黑龍黨瓦解之後，你一直在緬甸一帶從事毒品的走私，以後你又在各國特務機構前出賣情報，你有無數化名，最後一次你和某強國接觸時，所用的化名是麥谷，是不是？」

從石油氣突然燃著，一直到這時候，方局長將他的底細一口氣數了出來，麥谷就像是做了一場惡夢一樣。他是個極其精明狠毒的人，可是這時，當他定了定神，看清楚了四面的情形之後，他從地上爬了起來，低著頭一聲不出。

木蘭花來到了麥谷的面前，冷冷地說道：「你好！」

麥谷苦笑了一下，仍不出聲。

木蘭花又問道：「麥谷，你謀殺了石少明，又取走了電光衣，你的罪名該受到什麼樣的懲罰，我不信你還不明白。」

麥谷一挺身，站了起來。

當他站了起來之後，他發出了一連串冷笑聲！當他假冒著石少明，前來求木蘭花的時候，他的相貌看來和石少明的確十分相似，而且他的神態，也像是一個正直的科學家。

但是這時，他的原形已然畢露了。

在他還故作鎮靜在冷笑的時候，他的眼中射出了邪惡的光芒，他的臉上、肌肉不斷扭曲著，抖動著，哪裡還有一點像石少明？

也正因為他這時全然不像石少明，而他居然能假扮石少明扮得如此之像，這才證明他這個人的工於心計和可怕的程度！

所有的人都冷冷地望著他，他笑了很久，才停了下來，道：「你講得不錯，蘭花小姐，我是難逃一死的了，那最多不是這樣了麼？」

木蘭花點點頭道：「當然你難免一死，那件電光衣，你卻還是要交出來的，你不要以為你還可以將這件電光衣交給別人！」

「哈哈哈！」麥谷又大笑了起來，「蘭花小姐，我剛才曾和秀珍小姐說起你，你是一個大飯桶，如今說來，你是一個標準大飯桶。」

木蘭花的面色如常，並不發怒，穆秀珍卻氣得幾乎要上去給他一個耳光。

麥谷接著道：「你以為我不能將電光衣交給別人，但是你弄錯了，我已經將它交給別人了！」

穆秀珍在這時已向高翔說明了那貨倉的所在，高翔也早已派出大量警員去包圍那個貨倉了，那件電光衣可能就在那貨倉之中。

但如果它已不在貨倉中的話，那麼就證明麥谷所說已交給別人的話是真的了，這是立即就可以見分曉的事情。所以，這時麥谷的話，並沒有引起什麼特別的反應。

穆秀珍則興高采烈地講述著自己如何制服麥谷的經過，三十分鐘後，負責帶隊去包圍貨倉的警官打無線電話來。那貨倉已被佔領了，捉住了十七個歹徒，全是已負了傷的，高翔立即道：「蘭花，我們去搜查，我想電光衣還在那裡。」

木蘭花點頭表示同意。

可是麥谷卻仍然不住地冷笑著。

高翔向兩個警官作了一個手勢，那兩個警官一齊走了上來，每個人都取出了一副手銬，將麥谷和他們自己銬在一起。

三個人用兩副手銬聯結了起來，而麥谷是在兩個警官的中間，在那樣的情形下，麥谷就算本事再大，也無法逃走的了。

「將他帶回警局去。」高翔吩咐著。

麥谷仍然在冷笑，他是一面冷笑著，一面被那兩個警官拉走的，而高翔、木蘭花等人立時也上了車子，向那貨倉駛去。

在路上，木蘭花將事情的始末原原本本地向穆秀珍講了一遍，穆秀珍這才知道，麥谷那時說木蘭花把電光衣交了給他一事，竟是真的！

他們趕到了貨倉，大搜索早已開始了，被俘的人也都錄了口供。

這貨倉本是一個大販毒集團的大本營，在販毒行動在本市受到了挫折之後，販毒集團的人放棄了這個貨倉，麥谷卻趁虛而入。

在被俘者的口供中，得知麥谷近來的買賣，便是受託注意科學家石少明博士的行動，和在石少明處奪取一項秘密。

但是，是什麼人委託麥谷的，以及在石少明處要取的究竟是什麼東西，卻沒有人知道，那些人當然也不知道那東西實際上是否已到了麥谷的手中，和在什麼地方。

被捕的歹徒又供出了貨倉中九間密室和麥谷的私人辦公室的所在地點，這些密室也全破搜查過了，可是也搜不到電光衣。

電光衣並不是小得可以放在衣袋中的東西，它應該是十分容易尋找的，木蘭花甚至想到，電光衣可能還在那輛汽車之中。

那輛汽車也被找到了，連車墊也被拆了開來，但是仍然找不到電光衣。

木蘭花等人集中在麥谷的辦公室中，人人都愁眉不展，安全署長來回地踱著步，道：「我看，電光衣已落入別人的手中了。」

「很可能就是落在委託麥谷行事的外國特務手中了！」署長的助理補充著他自己的意見：「唉，我們雖然捉住了麥谷，但仍然沒有用。」

穆秀珍瞪著眼，心中很不服氣，但是在木蘭花的眼色下，她卻沒有發作。

大家沉靜了片刻，木蘭花才緩緩地道：「署長，電光衣是在我手中失去的……」

「蘭花小姐，我們並沒有責怪你的意思。」署長忙說。

「當然，但是電光衣還是由我送出去，我想，仍然要由我去將它弄回來，我想對這件事負全責，一切由我做決定。」她講到這裡，頓了一頓才又道：「不知局長和署長是不是同意？如果同意的話，我已經有一個具體的行動計畫了。」

方局長署長互望了一個相當長的時間，方局長先點頭，署長則道：「你的意思是，你不需要任何人的幫助？」

「不，我並不是這個意思，我的意思是，我為主，由我來決定主意，別人服從我的命令來行事，我可以將電光衣奪回來的。」

木蘭花的話，方局長和高翔兩人是毫不猶豫地會同意的，因為在以往，有許多重大的事情，全是在那樣的情形之下完成的。

但是，安全署長和高級助理的心中可不那麼想了。他們雖然也知道木蘭花的本領和大名。但是他們和木蘭花的實際接觸，卻是發生在木蘭花一生中最嚴重的失敗的時候。

這使得他們對木蘭花的能力產生懷疑，如今，木蘭花說要由她來發施令，他們兩人心中不禁想：電光衣是你上了當親手交給敵人的，你連人的好壞部分不出，還如何有本領去將電光衣取回呢？由你來領導進行這個事，成功的希望不是很渺小麼？

他們兩人的口中雖然不說什麼，但是他們面上那種不予木蘭花以信任的表情，卻是每一個人都可以看得出來的。

木蘭花嘆了一口氣，道：「就算你們不答應，我仍然要盡我所能將電光衣奪回來，但當然進行起來要困難一些了。」

署長聽得有些不快，道：「那樣說來，你是說我們礙事了？」

木蘭花呆了一呆，道：「我不是這個意思，我是說，如果插手的人太多了，那反而不是對事情有利的，署長別誤會。」

署長有些傲然地點了點頭，道：「不錯，插手的人太多了，會對事情進行不利，事實上，蘭花小姐，如果你自始至終不理會這件事的話，也根本不會有什麼事了。」

穆秀珍滿面怒容站了起來，可是木蘭花卻立時伸手一拉，將她拉得坐了下來。

署長仍然道：「但是，穆小姐捉住了麥谷，也功與過相抵了，蘭花小姐，我看你還是別再理會這件事情了吧。」

木蘭花的面色又變了一變，也站了起來，她的聲音卻非常平靜，道：「好的，那麼，再見了。」她拉著穆秀珍的手，便向外走去。

7 逃走機會

當她們走出門口之際，高翔自後面追上來，叫道：「蘭花！蘭花！」

他一直追過了木蘭花，木蘭花才停了下來。

「蘭花，你不會真的不理這件事吧？」

「高翔，」木蘭花苦笑了一下，「你叫我怎麼回答這個問題呢？這件事，防止本國科學家的發明流入外國，正是安全總署的工作範圍，如今，署長已下令要我不必再理了，如果我再多管閒事，那才是真正的自討沒趣了，不是麼？」

高翔嘆了一口氣，道：「蘭花，我知道你不會放棄這件事的。記著，蘭花，不論在什麼情形下，我都是站在你這一邊的。」

高翔的聲音十分誠摯，使得木蘭花十分感動。她點點頭道：「我知道，高翔，我知道。」

他們兩人默默對望了好半晌，木蘭花才又繼續向前走了出去，高翔則還是佇立著，望著木蘭花和穆秀珍兩人的背影，心中不勝惆悵。

木蘭花和穆秀珍出了貨倉的大門，穆秀珍才憋不住罵了出來，道：「混蛋！」

木蘭花皺了皺眉頭，道：「你別罵人。」

「為什麼不罵？」穆秀珍還在不服氣，「他們是什麼東西？哼，如果不是我逃出來，他們又能得到什麼，哼，居然將我們趕了出來。」

木蘭花將手輕輕地放在穆秀珍的肩頭上，道：「秀珍，這是我不好，那件電光衣是我失去的，難怪他們這樣子的。」

穆秀珍翻了翻眼睛，道：「蘭花姐，搶不回來了麼？」

木蘭花維持著沉默，她和穆秀珍兩人向前慢慢地走著，她一直在低著頭沉思。穆秀珍問她那件電光衣是不是搶得回來，在她而言，那是必須搶回來的。

她一生之中，從來也未曾經過那樣的慘敗，若是不能經她的手將電光衣取回來的話，她還怎能立足？

過了好一會，她才低聲說道：「一定要搶回來的。」

「蘭花姐，我和你在一起，我們一齊努力。」

「秀珍，我們當然在一起，可是如今千頭萬緒，不知從什麼地方做起才好，而且我們也失去了官方的支持，一切全要靠我們自己了。」

穆秀珍挺了挺胸，道：「那又怕什麼？」

木蘭花不禁笑了起來，她這時正陷在前所未有的沮喪之中，也只有在極度的沮喪中，她才會體會出穆秀珍的那種樂觀精神對她的鼓舞。

她點了點頭，道：「當然，什麼也不怕。」

她挺了挺身子，精神開朗了許多，她們前進的腳步也快了許多，就在這時，她們的身後突然傳來一陣急驟的腳步聲。

她們站定身子，自她們身後追來的是高翔，高翔在她們的身邊站定，道：「蘭花，不論在什麼情形之下，我總是站在你這一邊的。」

「謝謝你，我知道。」

「蘭花，我也知道你是一定不肯就此歇手的，如果你有需要我幫助的地方，請通知我，如果你不通知我的話，就枉我們相識一場了。」

木蘭花吸了一口氣，高翔的話說得如此誠摯，這令得她的心頭起了一陣十分異樣的感覺，那種迴腸蕩氣的深沉之感，是她以前從來也未曾感到過的，她不由自主地抬起頭來望著高翔，而高翔也定定地望著她，兩人只是默然地望著，誰也不出聲。

穆秀珍看到他們兩人這樣的情形，本來是想笑出來的，可是，她也感到兩人之間一定有著什麼不平凡的事發生了，因此她非但不笑出聲來，反倒後退了兩步，只是靜靜地望著他們兩人。

木蘭花和高翔互望了好一會，木蘭花才低聲道：「我，知道了。」高翔的面上現出了極其滿足，極其欣慰的神色來，道：「蘭花，你知道，那就好了。」

木蘭花轉過身，又和穆秀珍向前走去。

直到她們轉過了街角，高翔仍然站在原地，他怔怔地站著，心中在回味著木蘭花剛才所講的那句話：「我，知道了。」

這是高翔期待了許久的一句話，如今，他終於聽到了！

木蘭花和穆秀珍回到家中，穆秀珍心中仍是十分氣憤，口中也不斷地嘰嘰咕咕地罵著，怪安全署長的措施不合理。

但是，木蘭花卻一聲不出，只是默默地坐著。

一開始，穆秀珍還在等著木蘭花出聲，可是越等，木蘭花便是越是沉默，簡直像是永遠也不想再出聲講話一樣。

穆秀珍忍不住了，大聲叫道：「蘭花姐！」

她一連叫了兩下，木蘭花才緩緩地抬起頭來。

「蘭花姐，我們怎麼辦？」

「我在想。」木蘭花緊蹙著雙眉。

「還沒有想出對付的方法來麼？」

「不，已想出來了！」

木蘭花的回答出乎穆秀珍的意料之外，穆秀珍高興得跳了起來，道：「是麼？我們第一步應該怎樣？快說，快說！」

穆秀珍是極其好動的人，她更無法忍受一向堅強的木蘭花變得如此憂鬱，是以她一聽得木蘭花已想出了行動的方針，不禁高興得直跳了起來。

木蘭花徐徐地說道：「第一步，我們必須將偽冒石少明的歹徒麥谷，從警方的手中弄出來。」

「是啊！」穆秀珍緊握著拳，「將這傢伙從警方的手中弄出來，由我來拷問他，哼，不怕他不將電光衣的下落講出來！」

木蘭花笑了起來，道：「我不是這個意思。」

「咦，你不是說要將麥谷從警方的手中弄出來麼？」

「是的，我應該說得具體一些，我們第一步所要做的事，是要協助麥谷，使麥谷在警方的監管之中逃出來。」木蘭花解釋著。

穆秀珍抓著頭，瞪著眼。她實在被木蘭花的話弄糊塗了，麥谷是冒充石少明，並且殺死了石少明，罪大惡極的凶手，雖然她捉到麥谷要憑一些運氣，但是也不是容易的事，何以好不容易捉住了麥谷，卻又要幫助麥谷，使麥谷能夠從警方的監管之中逃出來呢？

她想了片刻，忽然想到，那可能是木蘭花受了警方的氣，所以故意來和警方找麻煩的，但是木蘭花卻又不是這樣的人！

穆秀珍越想越是糊塗，她只是睜著眼睛望定了木蘭花，木蘭花道：「你不明白其中的道理，是不是，嗯？」

穆秀珍用力地點了點頭，道：「確是不明。」

木蘭花道：「麥谷被擒了，但是麥谷被擒，並未曾解決什麼問題，最主要的是，我們要追回那件電光衣來，不使它落入別人的手中！」

「可是，據麥谷說，電光衣已交給別人了。」

「是的，麥谷是這樣說，」木蘭花續道：「他講的話，可能是真的，也可能是假的。」

木蘭花講到這裡，穆秀珍突然「噗嗤」笑了出來。

「你笑什麼？」木蘭花感到奇怪。

「沒有什麼，只不過你說，麥谷講的話可能是真的，又有可能是假的，那等於不說除了真、假之外，還有第三個可能麼？」

木蘭花說道：「不錯，聽來我的話像是廢話，但如今我們要追尋電光衣，可以說一點線索也沒有，我們只有從分析麥谷得到了自由之後的行動做起。」

穆秀珍有點明白了，她發出了「啊」地一聲。

「麥谷的話如果是假的，那麼他在得到了自由之後，必然會到收藏電光衣的地方去；如果他所講的話是真的，那麼，由於他被擒得太過倉猝，他一定還未曾收到應得的報酬，他得到自由之後，就會去找得到電光衣的人，收取報酬的。」

木蘭花講到這裡，略停了一停。

穆秀珍已興奮地叫了起來，道：「那我們就有線索了！」

木蘭花說道：「是的，所以，問題就是先要使麥谷得到自由，麥谷是一個神通相當廣大的人，但是在警方嚴密的監管之下，沒有人協助，也是逃不出來的，而只要有人協助的話，他是一定可以逃脫的，這便是我們要幫助他的地方。」

穆秀珍已經完全明白了，她高興得有點手舞足蹈。

「當然，」木蘭花續道：「首先，只要那件電光衣仍然在本市之中，我相信這一點，嚴密的海空封鎖使電光衣不可能運出去，我們如今雖然失敗了，但事有可為！」

「事有可為！」穆秀重重一拳擊在桌上。

「秀珍，幫麥谷逃走，這件事我不能出馬，要由你去動手，我相信安全署方面，一定嚴密地注意我的行動，所以我不便前去。」

「好的，我去！」穆秀珍一個轉身，便待衝出去。

「慢！」木蘭花大聲道：「你怎樣去幫助麥谷逃走？」

穆秀珍站定了身子，抓了抓頭皮，一籌莫展。

「所以你不要心急，我來教你，你先到警署去，如果麥谷在警署中，那就容易得多了；如果他不在，那可能已被押解到安全署的本市分署中去了，那就麻煩多了。」

穆秀珍焦急地來回踱著，本來，她以為這是一件十分簡單的事情，但如今被木蘭花一分析，她又覺得事情十分難以進行，不禁焦急起來。

「在警署，你可以見機而行，不必多說，如果他已不在了，那麼，你在安全署中就要十分小心了，你可以不必化裝，事情成功了之後，讓他們再生生氣也是好的。」

聽到「讓他們再生生氣」，淘氣的穆秀珍又高興起來，道：「我知道了，蘭花姐，若是麥谷逃了出來，那我做什麼呢？」

「跟蹤他，設法和我聯絡，我一直在家中，你身上最好帶著無線信號儀，那麼，我在家中，就算你無法和我聯絡，我也可以知道你在哪裡！」

「得令！」穆秀珍大聲地叫道，旋風也似地向樓上衝去，又旋風也似地捲了下來，向門口衝出去。

木蘭花望著她的背影，低聲道：「秀珍，不要生我的氣！」

她以更快的速度向樓上工作室衝去，等到她下來的時候，由於面上已戴上一個面具的原故，她看來已完全是另一個人了。

她從後面出去，離開了家。

木蘭花去的地方，和穆秀珍是 樣的，警署。

她已派了穆秀珍去警署，為什麼自己還要去呢？這正是她計畫的一部分。須知在警方嚴密的監管之中要將麥谷救出來，絕不是容易的事情，她先派穆秀珍去，穆秀珍成功的機會少，但是搗亂作用大，穆秀珍去一鬧，再從旁插手，事情就容易了。

而她之所以不給穆秀珍知道，那也是有原因的，因為麥谷得到了自由之後，便要對麥谷進行跟蹤，不論麥谷到什麼地方去，這次跟蹤行動，是一件十分危險的事情，穆秀珍槍傷初癒，身體還未曾十分恢復，木蘭花實在是不願意她再冒這個險了！

木蘭花到達警署門口之際，正看到穆秀珍大搖大擺地向警署中走進去，守門的警員是認得穆秀珍的，絲毫也未曾留難她。

木蘭花自己則繞著圍牆，她估計到了停車場之外，才拋出繩索，勾住了牆頭，迅速地爬了上去，翻身躍進警署。

她的行動並沒有人發覺，她一躍了進去，伏著身向前奔出幾步。

她看到一只水桶，立時將那只水桶提在手中，由於水桶中還有半桶水的原故，當然不能走得太快，但也由於這個原故，別人才對她的身分也就不懷疑了，因為一個偷進來的人，而提著一桶水，這似乎是不可能的事，木蘭花就是利用了人們的普遍心理，來掩飾自己的行藏。

她進了警署的辦公大樓，才到了走廊上，就看到穆秀珍和兩個警官迎面走了過來，穆秀珍大聲道：「什麼不能？我要見麥谷。」

一個警官像是十分為難，道：「方局長和高主任吩咐過，麥谷是十分重要的人，沒有他們的批准，是誰也不能見的。」

穆秀珍冷笑一聲，道：「最好叫他們兩人有什麼疑難的事情之際，別來找我們！」

警方有什麼疑難事情去找木蘭花和穆秀珍兩位幫助，這是警方上下人人都知道的事情，是以那兩個警官不得不陪著笑，道：「是，是。」

穆秀珍站定了身子，當她站定身子的時候，木蘭花其勢不能站在他們的前面聽他們講話的，是以她側著身，在穆秀珍的身邊走了過去。

穆秀珍和那兩個警官甚至連望也不向木蘭花望一眼！

穆秀珍道：「廢話少說，讓不讓我去見他？」

「如果穆小姐一定要見他，那麼……那麼……」那兩個警官互望了一眼，才又道：「那麼，我們想，那總是可以的。」

穆秀珍不禁笑了起來，道：「瞧你們，多不痛快！」

他們繼續向前走去，木蘭花跟在後面，跟著他們上了二樓，他們在一間房間前停了下來，那房間的門前，有兩個便衣看守著。

那兩個警官走向前去，低聲和便衣探員講了幾句話。

在那時候，木蘭花自懷中取出一小瓶無色的液體來，傾入了水桶之中，她並且將水桶中的水搖勻。

那兩個便衣本來像是不肯開門，可是和那兩個警官相同，由於穆秀珍聲大聲地叫嚷，他們不得不取出鑰匙去開門。

木蘭花就在那時候提著水迅速地向前接近去，當木蘭花提著一桶水接近的時候，恰好是便衣探員打開了門鎖之際。

門鎖「卡」地一聲響，被打了開來，那探員還未曾將門推開，木蘭花那種突如其來的行動，便已引起了他們的注意。

兩個警官和兩個便衣探員和穆秀珍一齊轉過去，向木蘭花望來，兩個警官一張口，正想出聲喝問，但是，他們還未曾開口，木蘭花已雙臂一齊揚了起來，她手中的那半桶水潑了出去，將五個人淋了一頭一臉。

五個人被木蘭花潑中了水之後，第一個動作，便是伸手去抹臉上的水。可是，他們的手抬了起來，還未曾碰到他們的臉時，他們的臉上已經現出一種十分奇怪的神情來，身子搖晃著，一齊倒下地去。

原來木蘭花剛才倒在水桶中的那一小瓶液體，乃是十分強烈的麻醉劑，雖然經過了稀釋，但仍然能在兩秒鐘之內使人昏迷！

木蘭花一看到五人倒了下來，她連忙身子一閃，閃到了樓梯的轉角處，躲了起來，二樓是方局長和高主任的辦公室所在地，平時警方人員不蒙召喚，是很少前來的，而這時，方局長和高翔又不在，所以並沒有什麼人，木蘭花一躲了起來之後，就變得十分靜了。

木蘭花沉住了氣等著，她知道，剛才門外的動靜，在門內的麥谷一定是聽到了，而麥谷也可以知道門外出了事。在那樣的情形之下，麥谷會不拉門出來看看麼？

只要麥谷一推開門來，他就可以發現自己有逃走的機會了。

可是，麥谷為什麼還不拉開門呢？他遲一刻拉開門來，逃走的機會便微一分了！

過了半分鐘，在焦急的等待中，真比一年還要長久，木蘭花終於看到那扇門的門球在緩緩地轉動。

木蘭花連忙縮了縮身子，取出了一個曲尺形的圓管來，將眼湊在那圓管中，那圓管是利用折光原理製造的潛望鏡。

有了那小型潛望鏡，她不用探出頭去，只消將圓管子略為伸出一點，就可以看到轉彎處的情形了，她看到門被拉了開來，她看到了麥谷！

她看到麥谷的臉上現出十分驚訝的神情來，在向外看了一眼之後，又立即將門關上，顯然他是被眼前的現象弄糊塗了。

過了不久，門才又漸漸地打了開來，麥谷便箭也似地射了出來，到了走廊另一端的樓梯口上停了停。

也就在那一剎間，升降機的門打開，兩名警官走了出來，那兩名警官一出升降機，便看到了倒在地上的五個人，他們立時叫了起來。

在那一剎間，木蘭花看到麥谷已迅速地閃下了樓梯，木蘭花也向樓梯之下奔去，她到了樓梯下，身子縮了一縮，縮在牆角處。

因為那時有大批警員正由樓梯向上奔去。木蘭花靠著牆走，她到了一扇邊門之旁，打開了門，走了出去。

警署的建築物，她十分明瞭，她知道，麥谷既然是從另一邊樓梯走下去，那麼，只要他未被發現，他是一定可以從另一扇邊門處走出去的，兩扇邊門相距大約只有五碼左右。

木蘭花在一出邊門之後，便向前奔了幾步，躲在一棵大樹之後，注視著另一扇邊門，那兩扇邊門外面，乃是警署的後院。

後院中有著幾棵大樹，左首是停車場，右首是一條冷巷，可以轉到正門去，木蘭花並沒有等多久，便看到另一扇邊門被打開，麥谷衝了出來。

麥谷直衝到圍牆之旁，開始向上爬去。

這時，自二樓的窗口中，已有人發現了麥谷，有人大聲喝叫著，也有人放槍，而麥谷這時雙手已經攀住了牆頭。

也就在這時，木蘭花取出一柄槍口特別大的小手槍來，瞄準了麥谷的鞋後跟，扳動了槍機，自槍口中射出來的，並不是子彈。

那是一枚約有半吋長，十分鋒利的鋼針，而在鋼針的尾部，則有半分來厚，指甲大小的一片物事，那是超小型的無線電信號儀。

它能夠發出簡單的無線電信號，而在木蘭花的身上，另有一具小型的接收儀，接收儀上將指示出信號發出的所在地，利於跟蹤。

木蘭花的射擊技術是極其高超的，那一槍射出的鋼針，正好刺進了麥谷的鞋後跟之中，而麥谷這時，心情緊張到了極點，鞋跟上突然被鋼針刺了進去，他自然是不會覺察的，他幾乎立即翻出了圍牆，木蘭花知道大隊警員快要追出來了！

她連忙奔出那條冷巷，到了警局的門口。

8 警方的陰謀

這時，警局的內部已相當混亂了，在混亂中，人人都注意閃閃縮縮的人，對堂而皇之向外走去的人，反倒是最不引人注意的，木蘭花得以輕易地出了警署，她弄開了一輛汽車，進了車中。

她將無線電波接收儀放在座位之旁，那具接收儀也十分精巧，只不過煙盒般大小，但是上面卻滿是刻度和數字。

麥谷顯然也偷到了一輛車子，因為那亮綠色的一點在刻度上指示出，麥谷這時正在半英哩之外，向西北迅速地移動著，木蘭花踏下了油門，車子向前駛去。

木蘭花一面駛著車，一面注意著接收儀上的指示，麥谷絕未曾發覺他的鞋跟上已有了使他無所遁形的東西，所以接收儀上工作得十分正常。

而且，麥谷可能還以為自己已經擺脫了跟蹤，他向前移動的速度已慢了下來，而在半小時之後，那亮綠色的小點不再移動。

這表示麥谷已到了目的地！

木蘭花將車子繼續向前駛去，不一會，接收儀上的一個小紅燈閃閃地亮了起來，這表示，她和麥谷已隔得十分近了。

只有在相距二十碼的情形下，接收儀的紅燈才會閃光的！木蘭花立時停了車，向外看去，她看到了麥谷，麥谷正從一輛車子中走出，向一幢屋子走去。

這個地區相當冷僻，麥谷走進去的屋子，是一幢普通的住屋，有四層高，當麥谷走到門口之際，猛然看到有兩個人迎了上來，將麥谷攔住。

麥谷和那兩人講著話，雙方像是有什麼爭執，麥谷揮舞著手，樣子十分憤怒，他推開了兩人，逕向內走了進去。

木蘭花看到這個情形，心中也不禁大是緊張起來！

她的跟蹤，顯是已有了結果！

那看來毫不起眼，十分普通的住家房子，一定是一個特務機構，或是大犯罪組織的巢穴，將巢穴設在這樣不起眼的地方，那實在是十二萬分聰明的辦法！

照這樣的情形看來，麥谷果然已將電光衣轉了手，而他一逃了出來，便徑直來到這裡，這證明自己的推斷不錯，他是來討取報酬的了！

那兩個人在麥谷衝了進去之後，也走了進去。

木蘭花一推車門，也準備下車。

可是，就在此際，她忽然聽得車子的另一邊，一個冷冷的聲音道：「女士，看夠了麼？請不要動，否則，對你是沒有好處的！」

在那一剎間，木蘭花心中的懊喪，實在是難以形容的！

她剛才只是全神貫注地注意著左側麥谷的行動，卻未曾注意在自己的右側已有人接近了，那實在是她的疏忽，因為她既然知道前面不遠處的這幢屋子乃是一個十分神秘的地方，那麼，她也應該想到，在附近一定是有許多人監視著！

而她居然將車子停下那麼久，這怎會不引起人家的注意？

她陡地一呆，她已發現了麥谷前來的所在，有了線索，她實在不能在事情正有了一些眉目的情形之下，落入對方手中！

心念電轉間，她已有了決定，她緩緩地轉過頭來，一柄手槍，自車窗中伸進來對準著她，在那持槍的人身後，另外還有一個人。

木蘭花搖頭說道：「先生，我不明白你在說什麼？」

那人冷冷地道：「你明白也好，不明白也好，下車！」

木蘭花順從地道：「好。」

她再度轉過頭去推開車門，就在她將車門推開之際，她左足一伸，猛地踏下了油門，車子像是瘋馬一樣地向前衝了出去！

車子是在完全沒有控制之下向前衝去的，連木蘭花自己也重重地撞在椅背上，而由於車門是打開的，她幾乎跌出車外！

那將槍伸進車子的傢伙，發出了一聲慘叫，向後倒了下去，他的手槍跌進了車廂中，他人則在地上打著滾，嚎叫著。他的一條手臂若是能夠不斷，那是他運氣好了！

木蘭花連忙身子向前一俯，伏在方向盤上，在千鈞一髮之際，她扭轉了方向盤，免得車子撞在牆上，而且，她還使車子轉了一個彎向前直衝而出。

等到車子駛過另一條街，她立時拾起那柄手槍，跳出車子奔過了一條街，這才走進一家冰室坐了下來。

她在冰室中喝著咖啡的時候，看到有四五個急急地走向她停在街角的車子旁，向車內張望著，然而又迅速地退了開去。

木蘭花鬆了一口氣，她已得到麥谷和人聯絡的地點，希望對方別將她和麥谷聯想在一起，那麼，她以後的進行就順利得多了。

她耽擱了半小時左右，便離開了冰室，她在離開的時候，取出了無線電接收儀來看了看，亮綠點仍在，也沒有移動，這表示麥谷仍然在那幢房子之中。

她在街上漫步走著，又過了半小時，她才打了一個電話回家，接聽電話的是穆秀珍，秀珍第一句話就叫道：「蘭花姐，我才從醫院回來！」

「是麼？」木蘭花故意問著：「為什麼？」

穆秀珍向木蘭花講著在警局中發生的事情，木蘭花則取出了那柄手槍端詳著，心中暗暗吃驚。

木蘭花對於各種武器一向十分有研究，這時，她一看到那柄手槍，便知道那是什麼國家的最新出品，那麼，這個特務機構是屬於什麼國家的，她也立即明瞭了。而令得她心中吃驚的原因是，這個國家正是野心勃勃，時時在國際上製造爭端，製造事故，唯恐天下不亂的國家。

如果電光衣的秘密落到了這個國家的手中，那麼世界上必將發生極其可怕的事情，所以，這使木蘭花感到自己的責任更重了，電光衣更是非奪回來不可！

她一直不曾出聲，直到穆秀珍問道：「蘭花姐，你在哪裡？」

木蘭花這才「哦」地一聲，道：「我？我在圖書館中，翻查近八年來有關石少明的行蹤、消息，你可願意來幫我麼？」

如果木蘭花說她已發現了線索，正將進行冒險的話，那麼穆秀珍會在五分鐘之內趕到的，但是穆秀珍聽說木蘭花在翻舊報紙，她便伊伊唔唔，道：「那……那我不來了，蘭花姐，好麼？」

「也好，你在家裡，不要亂走！」木蘭花吩咐著。

「好的，但是麥谷他已不知去向了！」

「不要緊，我們再想辦法。」

木蘭花放下了電話，收起手槍，走出了電話亭。

這時，天色已漸漸黑了下來，木蘭花除下了面具，將上衣翻過來穿著，那是鮮明的橙黃色，然後，她向前走了過去。

在將到那條街的時候，她從記事本扯下一張紙來，一面走，一面看著紙，又東張西望，像是根據紙上的地址在找目的地一樣。

她明知在這條街上，一定有人在秘密地監視著來往行人的，而這時她的樣子和衣著，已經和下午出事的時候全然不同了，而她又裝著是在照紙尋找地址的模樣，那自然是不會引起別人注意的。

她漸漸地向那幢特務機構的屋子接近。

當她來到那幢屋子前面的時候，她喃喃地道：「還要再過去一個門口。」她注視著門牌號數，走出了幾步，又道：「啊，是這裡了！」

她走進了那特務機構隔壁的一個門口，在那時候，她覺察到在那特務機構的門口，有兩個人探頭探腦地在望著她。

可是那兩個人卻未曾採取任何行動，這證明那兩個人並未起疑，木蘭花一進了門，便直向樓梯走上去，這幢屋子和那幢被國際特務盤據了的屋子是一樣的。

而這幢屋子的上下四層，顯然全是正當的住家，木蘭花一直到了通向天臺的門前，她輕而易舉地弄開了門，進了天臺。

兩幢屋子的天臺是相連的，這正是木蘭花所預料的事情，但是，在兩個天臺之間的石基上，卻有著一道鐵絲網，那鐵絲網約有六呎高。

當然，以木蘭花的身手而論，要攀過那道六呎高的鐵絲網，那是再容易不過的事情了，但是木蘭花卻知道，這鐵絲網中，一定有著極度靈敏的報警器通向屋內，只要鐵線網上一有動靜，屋中的人一定會奔出來查看究竟的。

木蘭花本來想拋一塊石頭到鐵絲網上去，試試那鐵絲網是不是真正碰不得的，但是她轉念一想，這樣做的話，便成了打草驚蛇了。

所以，她絕不去碰那鐵絲網，只是來到了天臺的走道上，向外望去。

她看到天臺的外沿，有三吋寬的一道石沿，如果能在這石沿上緩緩移動的話，那麼，她是有可能避開鐵絲網，到達鄰近的天臺上的。只要到達那幢屋子的天臺，她就有辦法進入屋子了。

木蘭花慢慢地爬了出去，當她的雙足站在那三寸來寬的石沿上之際，她的身子勉力向後靠著，這時，如果有一陣狂風，可能就會將她吹下去了。

這時天色十分黑，而且這條街道十分冷僻，沒有什麼人經過，如果有人的話，一抬頭看到四樓的天臺邊上有一個女子站著的話，一定要報警了！

木蘭花的身子一吋一吋地向旁移動著，當她終於過了鐵絲網，來到特務機構的天臺之外時，她鬆了一口氣，這時候，她是背對著天臺，面向著街道的，而她既然存身在只有三吋寬的石沿上，她當然沒有法子轉過身來看後面的情形的。

她只能勉強地，小心地轉過頭來，向身後看一看。

只見那天臺的石沿上，每隔半呎，便有一個小小的黑色凸起，木蘭花正奇怪何以敵人不在這裡也圍上鐵絲網，這時她看到了那些黑色的半圓形凸起物，才明白其中的道理。

要知道這個特務機構既然不動聲色地設立在這個住宅區之中，當然處處都要做得和住家一樣，如果在天臺上四周圍上鐵絲網的話，那麼，多少總要引起人家的懷疑的。

但是特務機構卻又不能不進行嚴密的防範，木蘭花一看到那些黑色的小圓鈕，便知道自己只要觸動了其中的一枚的話，那無疑是在大聲呼叫「我來了！」

她小心地將右手放在兩枚小圓鈕之間，用力按了一按，然後，她的身子陡地躍了起來，輕輕地翻過了石沿，落到了天臺上。

木蘭花避開了鐵絲網，又避開了那種黑色的小圓鈕，她以為自己一定已經安然地到達天臺，可以設法進入那幢屋子的了。

可是，木蘭花卻沒有想到，那天臺的上面全部是經過改裝的，每一塊大階磚看來和平常的一般無異，但卻是活動的，如果承受了三十磅以上的話，它就會向下沉去。如果沉得多，活動的幅度大，那麼木蘭花也立時可以覺察出來的。

但是，那些大階磚在承受了壓力之後，卻僅僅向下沉下去一公厘，那是精明如木蘭花這樣的人，也不會覺察得到的。

而大階磚雖然只沉了一公厘，卻已使大階磚下，本來相距一公厘的兩根金屬棒接觸了一下，那一下接觸，接通了電流。

而電流一通，在一間房間中的紅燈便突然亮了起來，隨著紅燈的著亮，還響起了一陣鈴聲，四條大漢立時跳了起來，向天臺衝去。

他們並沒有衝進天臺，而是停在天臺的門旁，一邊兩個，等著不動，而在這時候，木蘭花卻全然不知道已發生了那樣的事。

她放輕了腳步，向前走著。

她以為她自己走得十分輕巧，事實上，她每走出一步，她腳下的大階磚便會向下沉下一公厘，而那間房間中的紅燈不斷地閃亮著，鈴聲也不斷地響著。

在那間房間之中，本來一共有五個人，四條大漢一聽到警鈴的聲音，便向外奔了出去，只剩下一個人，還坐在安樂椅上，悠閒地吸著煙。

就在鈴聲不斷中，那間房間的門被推了開來，一個人大踏步地走了進來，那是一個身形相當魁偉的中年人，面目森嚴，令人望而生畏。

他才一走進來，原來坐在安樂椅上的那人，便突然站了起來，叫道：「一號。」

「什麼事？」「一號」立即問。

「好像有人上了天臺。」

「噢，」「一號」來回地走著，「這不是好現象，我們在這裡好幾年了，從來也沒有人發現我們過，已經派人上去了麼？」

「是的，我看是小偷。」

「哼，不論是什麼人，抓到了之後，帶他來見我。」

「是，一號。」

「一號」轉身走了出去，那人重又坐了下來。

「一號」出了門，走下了一層樓，那層樓的門口，有兩個人守著，見到了「一號」，立時替他推開了門，那門內是一間極其華麗的房間，所有的傢俬全是第一流的，房間內，有兩個人坐著，一個瘦子滿面皆是悠閒的神氣，另一個則滿面怒容。而那個滿面怒容的，則是麥谷。

麥谷一見到「一號」走了進來，便霍地站了起來。

可是在他身邊的那個瘦子卻慢條斯理地道：「別緊張，麥谷先生，千萬別緊張，要知道，我們全是為了你著想。」

「哼，為我著想？」麥谷憤然道：「我已經來了幾個小時了，我來拿我應得的錢，如果你們不捨得給，請將電光衣還給我！」

「麥谷先生，」「一號」走到了麥谷的前面，伸手在他的肩頭上拍了拍，「我已經說過了，我們的科學家正在檢查送來的東西。」

「什麼時候可以檢查好？」

「科學是不能心急的，麥谷先生，而且，你現在也是一個很熱門的人，如果你帶著鉅款離開的話，會有什麼後果？」

「那個不勞你擔心，我自然有辦法。」

「一號」陰鷙地笑了一笑，道：「你堅持立即要現款麼？我看，由我們將這筆錢替你匯到瑞士銀行去，怎麼樣？」

「砰」地一聲，麥谷的拳頭重重地擊在一張茶几之上，令得茶几上的兩杯酒和一隻水晶玻璃的煙灰盅一齊跳了起來，跌到了地毯上。

他咆哮著，道：「我要現鈔，我已經說過，我要現鈔，而你們完全是拿得出現鈔來的，可是你們卻在拖延時間，為了什麼？」

「別吵了！」「一號」揚起手來，「我們給你現鈔，但是我們也不得不為我們自己的利益考慮一下，你知道，我們要將這件電光衣運出去，而如今，本市的海陸交通都受到嚴密的封鎖，所以我們暫時是運不出去的，而你如果被捕的話——」

「你們是怕我招供，是不是？我不是沒有被捕過，我一來就已經告訴過你了，我是才從警方的監管中逃出來的，我有招出你們來沒有？」

「沒有，我們相信這一點，可是，我們也懷疑，你之所以能夠順利地從警方的監管之中逃出來，是警方的一種陰謀。」

「什麼？」麥谷猛地一縱，到了「一號」的面前，「你說什麼？警方的陰謀？哈哈，你以為我是飯桶，沒有能力從警方監管中逃出來嗎？連大名鼎鼎的女黑俠木蘭花都受了我的愚弄，哼，警方那些飯桶，怎會放在我的眼中，你竟敢小看我？」

他一面說，一面揚起拳頭，在「一號」面前晃著。

「一號」厭惡地推開了他的拳頭，道：「你可知道，你才來不久，我們的門口便生出了一場騷動，一個女子傷了我們的人，走了！」

麥谷瞪著眼睛叫道：「那又怎樣，那就不給錢了？」

「當然不是，而且，剛才還接到了警報，我們的天臺上有人走進來了。」「一號」直視著麥谷：「這可能便是你給我們帶來的麻煩。」

麥谷冷笑著說：「一號，不要以為我如今在你們的巢穴之中，我就會怕你了，你要明白，我麥谷不是好惹的人！」

「對，你並不是好惹的人，我們知道，但如果你已替我們惹來了麻煩，由於電光衣還在這裡，我們是難以將之隱藏的，我們既然得不到什麼，當然也沒有錢可以給你了。」「一號」攤了攤手，「我想，你應該明白這一點的，是不是？」

麥谷怪吼了一聲，倏地一伸手，抓住了「一號」胸口的衣服，但也就在此際，只聽得門外突然傳來了一陣可怕的聲響。

那一陣隆隆的聲響，一聽就可以知道，是有什麼極重的東西，從樓梯上面滾了下來，那瘦子突然拉開了門，一個人直撞進了門來！

那個撞進門來的人，正是守在天臺門口的四個大漢之一！

9 毛遂自薦

木蘭花在天臺上，漸漸地向門口接近，她越走近門口，心頭也越是緊張，因為她的行動沒有別人知道，連穆秀珍也不知。

而如果她失陷在這個特務機構之中的話，那是沒有什麼人可以來救她的，而且，特務機構中的人，也必然會殺她滅口！所以，她的行動非極度小心不可！

她到了門口，將耳朵貼在門上，聽了一下，外面一點聲音也沒有，木蘭花取出了一柄鋒刃十分薄的小刀子來，在門鎖處撬動著，她的動作十分小心，發出的聲響自然也很輕。

但是就在門外，就有四個大漢站著，他們自然聽到了那一陣輕微的「格格」聲，他們也看到了有一柄鋒刃自門縫中伸了出來。

他們四個人互望了一眼，神色緊張。

木蘭花費了一分鐘，便已將鎖撬動了，她輕輕地推開門來，可是，就在她推開門之際，一個大漢猛地將門拉了開來。

這一下變化，全然是出乎木蘭花意料之外，她陡地一呆，實在想不起自己有什麼地方行動不小心，以致驚動了敵人。

但是，那個將門陡地拉了開來的人，卻也呆了一呆。

因為他也想不到，在天臺上向門口走近來的人，會是一個那樣美麗的小姐，兩個人同時一呆，而木蘭花比那個人早恢復常態一刻，她飛起一腳，正踢在那人的下額之上。

那人中了木蘭花一腳，身子向後一仰，猛地跌了下去，在樓梯之上，身不由主地滾了下去，木蘭花一伸手拉住了門，她是想將門關上，然後轉身向天臺處逃走的。

可是就在這時候，另外三個大漢卻已湧了上來，木蘭花向前用力一推，那扇門向外用力撞了出去。「砰」地一聲響，又將另一個人撞得怪叫著，向下滾了下去。

但是另外兩個人，卻在這時候一齊跳了上來，跳到了天臺上，木蘭花的去路已經被他們兩人一齊阻住，而樓梯上又有人奔了上來。

奔上來的人手中是有槍的，口上都配有滅音器，一上來，便對準了木蘭花，木蘭花身形一凝，隨即笑了笑，道：「很好啊！」

她被四五個人圍著，向下走去，走下了兩層，「一號」、麥谷和那個瘦子早已等在門口了，一看到了木蘭花，他們的面上都有吃驚的神色。

木蘭花心中的焦慮到了極點，她是絕不能失陷在這裡的，但是，她卻偏偏失陷在這裡了，而且，是連在什麼地方犯了錯都不知道！

她在失去了電光衣之後，實在是不能再失敗的了，但是她卻又失敗了，她沮喪得甚至不能維持鎮定了，她一步一步地向前走著。

直到她來到了「一號」的面前，她才下了決心：必須鎮定，必須維持絕對的鎮定！

她居然笑了出來，道：「歡迎我的人不少啊！」

「歡迎，歡迎！」「一號」連忙道：「衷心地歡迎，蘭花小姐光臨，那正是我們莫大的榮幸，作為這裡的負責人，更覺得無上的光榮！」

「你是這裡的負責人？」

木蘭花斜睨向麥谷，冷笑了一聲，麥谷卻陰森森地笑道：「你好麼，蘭花小姐，好久不見了，真多謝你幫我的忙。」

本蘭花的面色，難看到了極點，可是麥谷卻偏偏又「桀桀」地怪笑了起來。

在那一剎那之間，木蘭花已有新的主意。

而當她有了新的主意之後，她的行動、神色更加鎮定了，她自動向前走去，在一張天鵝絨的沙發之上，坐了下來。

那四五名大漢連忙也跟了進來，各自佔據了有利的角度，仍然用槍口對準了木蘭花，一號和麥谷，以及那瘦子也坐了下來。

木蘭花等眾人都坐定了之後，向麥谷指了一指：「一號，麥谷替你惹了大麻煩了，你知道麼？」

「一號」向麥谷瞟了一眼，麥谷冷笑了一聲。

「你們這裡，已經不再是秘密的了！」木蘭花續道。

「哈哈，」「一號」笑了起來，「你對我們知道了什麼？」

木蘭花欠了欠身子，她講了兩個字。

那兩個字，乃是一個國家的名字，木蘭花下午便已經從她奪到的槍支上知道對方是隸屬於某國的特務機構，但是「一號」卻不知道木蘭花已知道了這個秘密，所以，當木蘭花突然講出了那國家的名字之際，他的面色突然變了！

「一號」狼狽地望了麥谷一眼，這時，連麥谷的心中也不禁愕然，因為麥谷雖然代他們去劫取電光衣，也來過這裡幾次，和「一號」更是接頭多次，可是「一號」究竟是什麼來頭，他也不知道，他實是難以明白木蘭花何以反倒知道了對方的底細！

他的身子挺了挺，那瘦子向旁的人使了一個眼色，立時有兩支槍口稍稍地移了一移，那支手槍的槍口移了只怕還不到一吋，但是，本來對住木蘭花的槍口，卻已變成對準了麥谷了，這令得麥谷十分憤怒，也十分不安。

但是麥谷還未曾開口，「一號」已然道：「蘭花小姐，你還知道了什麼？」

「先生，你應該問：『你們』還知道了些什麼？」

「你是說，除了你之外，另外也有人也知道了？」

木蘭花並不回答，她只是打了一個呵欠，伸了一個懶腰，她那種若無其事的神態，使任何人都以為的確是除了她以外，還有許多人知道了這個秘密。

「一號」的面色變得十分難看，他立時轉過頭去，對那個瘦子講了一句話，那句話是用他的本國語言所講的。

他的國家的語言本來是十分冷門的語言，但是博學的木蘭花卻聽得出他吩咐那瘦子的一句話是「作撤退的準備」。

木蘭花「哈哈」笑了起來，道：「不必緊張，若是放棄了這裡，我相信你一定會受到相當嚴重的處分，即使你能將電光衣成功地運到目的地，也至多是將功抵罪而已，是不是？」

木蘭花這樣講，是想試一試那電光衣究竟是不是在這裡，因為她雖然跟蹤麥谷來到了這裡，但是她還不能肯定電光衣是不是真的在這裡。

「一號」呆了一呆，悶哼了一聲。

他的態度，也告訴了木蘭花，她的話已講中了對方的心事，那麼，這件電光衣真的是在這裡了！

木蘭花又道：「更何況電光衣還未必能夠成功的偷運出去！」

「一號」的面色更難看了，他轉過頭去，望著麥谷，道：「先生，你看到了沒有？這全是你替我們惹下的麻煩，我們認為先付給你的那三分之一，也應該從你的身上追回來。」

麥谷滿面怒容地站了起來，道：「你竟相信了她的話，她的話也信得的麼？你若是不下手將她殺了，遲早會吃她苦頭的。」

木蘭花又笑了起來，道：「麥谷，你講得真對，他若是不把我殺死，遲早會吃我的苦頭，但如果將我殺了，卻是立即要吃苦頭了。」

「一號」又轉過頭來望著木蘭花，道：「你這話是什麼意思？我已經準備撤退了，還會有什麼苦頭吃，哼哼，有什麼苦頭吃？」

他在講那幾句話的時候，雙手緊緊地握著拳，由此可知他的精神十分緊張，而且他的心中也是憤怒和焦急交集著！

木蘭花的神態卻恰好相反，她講起話來，慢條斯理，坐的姿勢更是舒適，她繼續地道：「先生，現在，你在從事一項賭博，是不是？」

「什麼賭博？」

「你想放棄這裡，這必然會使你受到處分，但是你卻希望能夠在電光衣這件事上，得到上級的獎勵，來抵消你的處分是不是？」

「一號」不出聲，只是呆呆地望著木蘭花。

木蘭花繼續道：「那麼最重要的，當然是要有人替你將電光衣送到目的地去了，對不對？」

「一號」還未曾出聲，麥谷已冷笑一聲道：「看來我們的女黑俠要毛遂自薦了，一號，她叫你將電光衣交給她，由她替你運出本市去，哈哈！」

「一號」沉聲道：「你是這意思麼？」

木蘭花聳了聳肩，道：「我絕無意搶麥先生的生意，如果麥先生可以有把握將這件電光衣偷運出本市的話，就由他去負責好了。」

麥谷本來還在得意地笑著，可是木蘭花的這句話才一出口，他便陡地止住了笑聲，同時面色變得十分難看起來。

他當然沒有法子不被木蘭花奚落，因為他的確是沒有能力將這件電光衣在嚴密的封鎖之下偷運出本市去的，但是他的心中卻十分不服氣，他又冷笑了一聲，道：「一向和警方合作得親密無間的女黑俠，為什麼忽然大反常態了呢？」

木蘭花道：「那都是拜你所賜，麥谷先生，那件電光衣是我親手自國家安全署中奪來交給你的，你的記性難道如此不濟，已忘了這件事麼？」

木蘭花的話令得麥谷語塞，也令得「一號」心動！

「一號」咳嗽了兩聲，道：「蘭花小姐，那麼，你剛才說，除了你之外，還有別人知道這裡的秘密，這個……這個……」

「這個你可以不必擔心，」木蘭花道：「那另一個知道你們秘密的人，是我的夥伴。」

「那麼，你又有什麼法子可以將電光衣偷運出去？」

「這是我的業務機密了，先生。」

「一號」和那瘦子互望了一眼，那個瘦子是他的得力助手，那是一望而知的事情，那瘦子點了點頭，但又在「一號」的耳邊講了幾句話。

「一號」立即道：「你的代價是什麼？」

「你們還差麥谷多少錢？」

「這個……」

「別告訴她！」麥谷怒叫。

可是「一號」並未曾被他嚇住，道：「還欠他九萬鎊。」

「麥谷先生的胃口太小了，我的條件是九萬鎊的九倍，事成之後交付。」木蘭花霍地站了起來，目光灼灼地望定了「一號」。

她的這種神態，可以造成使對方沒有考慮餘地的效果，她站了起來之後，「一號」果然震了一下，道：「我們可以考慮。」

「你們對我的身分還在表示懷疑，認為我不可能為了金錢而替你們服務，是不是？」木蘭花侃侃而談，十分鎮定。

「一號」笑了一下，道：「你是明白人。」

木蘭花雙手一攤，道：「那也沒有別的辦法了，你不肯相信我，這我也無法勉強，你準備撤退和失去電光衣好了。」

木蘭花講完了之後，又坐下來，雙手交叉坐著，一點也不著急。

反倒是「一號」背負雙手，在房間中來回踱起步來。

麥谷不耐煩地道：「喂，我那九萬鎊怎樣了？」

「一號」向那瘦子揮了揮手，那瘦子向前走了一步，道：「我認為你最好還是別開口好，再多開口，那就自討沒趣了！」

麥谷面色一變，身形一閃，猛地向前竄來，但是，他身子才一動，兩條大漢便一齊向他撲了過來，一個人被麥谷一伸手，拋得向外跌了出去，但是另一個人卻攔腰抱住了麥谷的身子，第三個大漢向前衝到，重重的一拳，擊在麥谷的後腦上！

麥谷的身子一軟，倒在椅上，已人事不省了。

前後不到十秒鐘時間，剽悍的麥谷便已被制服了！

木蘭花不動聲色地坐著，等到那三個大漢退了開去之後，她才道：「啊，我要重新考慮了，原來你們是這樣對付和你們合作的人的。」

「他未曾完成答應我們的事！」

「那是你們的藉口，我相信，他和你們之間的協定，只是到將電光衣交給你們為止，運不出去，和他有什麼相干？」

「一號」又道：「這個——」

「這什麼？那九萬鎊，你們應該給他的。」

「蘭花小姐！」「一號」有點不明白，搖搖頭，「你還在幫他講話？你在為他爭取九萬鎊？這使我十分不明白！」

「我為他爭取那九萬鎊，便等於是為我自己在爭取合理的待遇！」

「你怎知道我們一定會相信你，請你偷運電光衣？」

「很簡單，除了我之外，你們根本找不到第二個人。」

這幾句話，一句接著一句，全是快疾到了極點，等到木蘭花這一句話講出了口，「一號」和那瘦子互望了一眼，不再說話了。

木蘭花又伸一個懶腰，道：「你們不妨考慮一下，同時，請你們不要忘記，如果我過時不回去的話，那麼，我的夥伴便會包圍這裡。」

木蘭花笑了一下繼續道：「包圍了這裡之後，你還能得到些什麼？將這幢建築物的每一塊磚頭全拆下來，怕會找不到電光衣？」

「一號」的面色變得極其難看，他試探著問道：「你所指的夥伴，就是警方的特別工作組主任高翔？」

木蘭花處處在暗示著她的夥伴是一個十分有力量的人，那當然是在暗示著高翔了，但是當「一號」這樣問她之際，她卻又故作神秘，道：「我不能告訴你。」

「一號」道：「好，請你等一等，一小時之內，我們會有答覆給你。」他一揮手，幾個大漢架著麥谷，他和那瘦子也一齊退了出去。

「卡」地一聲響，門被鎖上了。

華麗的房間中，只剩下木蘭花一個人了！

木蘭花一個人坐著，她思潮起伏不停。

「一號」說一小時之後給她答覆，事實上等於是一小時之後決定她的生死，因為「一號」若是拒絕了她，是絕不會再留她在世上的。

「一號」會不會相信她呢？木蘭花實是一點把握也沒有！

「一號」是不是會答應她的要求，那是全然由得她來作主的事情，所以木蘭花決定暫時不去想它，而等到事情明朗化了之後，再作決定。

她這時所想的是她進入了這個特務機構之後的得失。她得到了什麼呢？到如今為止，她可以說什麼也沒有得到，但是她卻肯定了那件關係重大的電光衣，是落在這個特務機構的手中！

這使得事態更為嚴重，因為這個特務機構是屬於一個野心勃勃，唯恐天下不亂的國家的，如果這個國家得到了電光衣的秘密，那麼，他們當然可以訓練出一批旁人看不到的軍隊，那樣一來，世界各國之間的均衡將被打亂。只怕人類從此就再無寧日了，這使得木蘭花下定決心一定要將電光衣弄到手。

如今，木蘭花打出的是一張「偷雞牌」，她是全然沒有取勝的把握的，而且，她更可能偷雞不著蝕把米，因為如今她身在虎穴之內，木蘭花想為自己找一條退路，萬一「一號」不中她的計，她應該如何退卻，再打主意呢，木蘭花站了起來，在屋中來回地走著。

她不敢肯定這間房間之中有沒有電視傳真的監視設備，所以她要竭力使自己的動作看來十分輕鬆而不緊張，那樣的話，即使「一號」在對她進行著秘密的監視，對她還是有利的，可是，木蘭花緩緩地踱了幾圈之後，她發現要從窗口突然逃走是沒有可能的。

因為在窗上都裝有十分堅固的鐵格，看來，當「一號」拒絕了她的請求之後，她唯一的辦法，便是突然發難，制往「一號」了。

她如果想要突然制住「一號」的話，那就必須要鎮定，要不使人起疑，是以，木蘭花又在沙發上坐了下來，這一次，她甚至閉上眼睛，假寐了起來。

這一個小時，實在是十分難捱的。

木蘭花竭力地鎮定著自己，可是在最後的幾分鐘，她幾乎沉不住氣，要緊緊地握著手，克制著自己，才過了最後幾分鐘。

終於，門上傳來「喀」地一聲！

木蘭花立時將雙眼睜開了一道縫，她的樣子看來仍然是閉著眼在瞌睡，但是將雙眼睜開了一道縫之後，她卻可以看到東西了。

她看到「一號」打開了門，向前走來。

木蘭花伸了一個懶腰，打了一個呵欠，懶洋洋地道：「這張椅子不錯，睡得相當舒服，怎樣，你的考慮可有結果了？」

「嘿嘿，」「一號」奸笑著，「小姐，別做戲了，沒有人會相信你在這樣的情形之下還可以睡得著的，這件事麼，我決定——」

「一號」顯然是一個極其狡猾的人，他在講到「我決定」的時候，故意頓了一頓，不立即向下說去，卻看看木蘭花。

木蘭花當然十分迫切地想知道他的決定怎樣，但是木蘭花卻裝出一副漠不關心的神氣來，她甚至一連打了三四個呵欠！

「一號」乾咳了幾聲，才道：「我決定請你幫助。」

這句話，使得木蘭花的心神頓時鬆弛下來，但是她卻絕不露出歡喜之情來，以是冷冷地道：「這是你們可以選擇的唯一道路。」

「可是，我們卻有附帶條件。」

「笑話，是你們要求我幫助，提條件的應該是我。」

「小姐，別忘了你的生死在我的手上。」

木蘭花笑了起來，道：「我從來也未曾聽到過比這更可笑的笑話，先生，如果你不想我說再見的話，你以後必須不再講這樣的笑話！」

木蘭花針鋒相對，毫不讓步的回答，令得「一號」面上的神色變得極其難看，但是他仍然道：「我們方面，要有人和你在一起。」

木蘭花冷笑著，道：「如果你們自己有辦法的話，大可以自己進行，何必再花費一筆那麼大的金錢，要請我幫助呢？」

「你拒絕這個提議麼？」

「當然拒絕。」

「那麼你必須接受我們第二個提議，否則交易便不能成立。」

木蘭花只是冷笑。

她並不出聲，表示她並不是全然拒絕對方的提議。

「一號」又道：「你必須吞服一管膠囊。」

他一面說，一面從上衣的口袋之中，取出了一只金屬盒子來，打開盒蓋，裡面是一粒丸藥，看來和普通長形的膠囊藥丸沒有分別。

「那是什麼玩意？」

「不妨告訴你，這膠囊中所放的，是一種性子相當烈的毒藥，它是酸性的，在膠囊被胃液蝕穿之後，一分鐘之內，就可以致人死命。」

木蘭花心中迅速地想：這是什麼意思？

木蘭花想不出對方這樣子說是什麼意思，她只是冷笑著，道：「你以為我會接受你那荒謬的建議，吞下這毒藥麼？」

「你必須吞下它！」

「你這是什麼意思？」木蘭花「霍」地站了起來。

「一號」搖著手，道：「別緊張，你聽我細說，這膠囊是特製的，當它進入胃部之後，最外面的一層首先溶解，溶解之後所產生的黏液，便將這粒藥丸緊緊地貼在胃壁上，而胃液要十天之後時間，方能將膠囊完全蝕穿！」

10 死期

「一號」講到這裡頓了一頓，然後才道：「你明白了麼？這就是說，你在吞下了這藥丸之後的第十天，才是毒發之期。」

木蘭花冷笑著轉過身去，表示不感興趣。

「一號」卻十分得意，繼續道：「你將電光衣運出本市，大約不會超過十天的吧，那對你來說，就是絕對安全的，因為只要你將電光衣運出去，交到了我們的人手中，我們的人證明了你並沒有玩弄什麼花樣，他們就會給你服食另一種東西，那是特殊配方的瀉劑，使得那丸藥脫離胃壁排泄出來，也就是說，只要你在十天之內完成任務，是全然無損的。」

「一號」又頓了一頓，才道：「除非你根本沒打算將電光衣運出本市，或是你根本是存心在戲弄我們，要不然，你是沒有理由拒絕這個提議的！」

木蘭花的心中不禁暗叫了一聲：「好厲害！」她的一生之中遇到過不少敵人，經歷過不少極其困難的環境，但是比較起來，卻沒有一次比如今的情形更棘手的了！

答應「一號」的提議，還是拒絕？

當木蘭花在考慮這個難以決定的問題之際，她在不斷冷笑著，過了半分鐘，她才冷冷地道：「既然你們不信我，我可以中止和你們交易的。」

「一號」奸笑著道：「不是我們不相信你，交易的雙方即使都沒有欺騙對方的意思，一般來說，也要簽訂一個合同的，這，就是合同。」

「這可以說得上是世界上最奇怪的合同了。」

「我同意你的說法，但這是最有效的合同。」

木蘭花在講那幾句話的時候，她的心中已然有了決定，她的決定是：吞服這粒丸藥。

木蘭花當然不會準備將電光衣再交到敵人手中的，那麼她決定吞食這粒在十天之後，當膠囊被胃酸腐蝕之後就會發作的毒藥，豈不是極其危險的事麼？

是的，那是極其危險的事！

但是木蘭花必須這樣做，除了將她自己的生命作為賭注之外，她沒有別的辦法去贏得那件電光衣，所以她決定了！

她略為考慮一下，道：「有十天的時間足夠了，但是，你怎麼能肯定膠囊不會提前被胃酸腐蝕？那樣豈不是太兒戲了？」

「請相信我們的科學家！」一號忽然指了指自己的肚子，「在我們的肚中也有這樣的丸藥，只不過期限是一百天的。」

木蘭花聽了之後，若不是她自己也正要吞服這種丸藥的話，她真的要忍不住大笑起來了！

「一號」顯然是地位極高的特務頭子，但是在特務機構之中，上級對下級仍然是不信任的，「一號」的肚中有這樣的毒藥，那麼他每一百天總要去向總部報到一次了。

「如果我們的忠心不被懷疑，那麼，每到第九十九天，我們總可以從神秘的途徑得到那種瀉劑，我服食這膠囊已有七年了，小姐，我還活著！」

木蘭花望了「一號」半晌，才聳了聳肩，道：「好，既然是這樣，那麼我就在這張『合同』上『簽字』好了，拿來。」

「一號」卻不將丸藥交給木蘭花，而又道：「你在未曾吞服之前，有兩件事情，是我必須要告訴你的，第一，你不能在吞服的時候玩花樣，因為我們要用X光檢查，看這枚膠囊是不是已牢固地附著在你的胃上，第二——」他忽然獰笑了起來。

「第二是什麼？」

「第二，別以為切割手術可以將膠囊取出，這膠囊是特製的，如果血液之中混有麻醉藥成分的話，那種成分將使膠囊迅速地溶解。當然，也可以不注麻醉劑便將肚子切開，但是，小姐，那樣再堅強的人，也會在極度痛苦中死去的。」

木蘭花滿臉都是不耐煩的神色，道：「你講這些廢話幹什麼？我不是已經決定將電光衣送到你們的人手中了麼？而且十天足夠了！」

「那當然最好，我只不過提醒你一下罷了。」

「一號」伸手在桌上的一個按鈕上按了一下，立時有兩個人走上了進來，那兩個人是持著一具小型的X光儀走進來的。

「一號」吩咐本蘭花站到X光機前，X光照射鏡頭對準了木蘭花的胃部，「一號」為木蘭花倒了一杯開水，將那膠囊和那杯水一齊交給了木蘭花。

當木蘭花接過了那一杯水，和這一粒在十天之後可以取她性命的毒藥之後，她不禁微微地閉上了眼睛，她心中在自問：「這樣做，對麼？」

當電光衣到了自己的手中之後，「一號」立即可以發覺自己的真正面目，那麼自己當然也得不到那種特製的瀉劑了！

而對方的特務機構便是用這種東西來控制特務的，那麼可想而知，這東西不能經由其他途逕自體內排出，也是明顯不過的了！

那也就是說，她只要吞下了那顆丸藥，便等於知道了自己的死期，嚴格地來說，每個人都是知道自己會死的，但是人們如果知道了自己十天之後就會死，那滋味就大不相同了。

如今，木蘭花就是知道自己十天之後便要死了！

木蘭花睜開眼來，「一號」正虎視眈眈地望著她，他的一隻手插在袋中，從他的姿勢來看，他一定已經握定了手槍。如果拒絕吞服，那麼「一號」當然會毫不猶豫地開槍的！

木蘭花想笑一下，可是她面上的肌肉卻變得十分僵硬，難以笑得出來，她只是道：「明知是毒藥，還要吞下去，天下大約不會再有像我那樣的傻瓜了！」

「小姐，如果你吞服了，那麼你是一個十分聰明的人，你將不會發生任何意外，而且可以得到巨額的報酬；更要緊的是，在這次事情之後，我們和你，木蘭花小姐，可以一直親密無間地合作下去了，哈哈，哈哈！」「一號」得意地笑著。

「一號」的狂笑倒絕不是做作，而是出自肺腑的，因為當他想到，他將電光衣運出本市，而且又將女黑俠木蘭花那樣鼎鼎大名的人拉進了自己的集團，這是兩件無可比擬的大功，他的地位，一定可以因為這兩件大功而大大地提高的！

在他的笑聲中，木蘭花本來可以輕而易舉地將那顆丸藥藏起來，當作吞了下去的，可是，在她面前的X光機卻令得她無法這樣做。

木蘭花將丸藥放進了口中，然後吞了下去。

她吞下那顆毒藥後，守在X光機前的兩個人立即忙碌了起來，他們調整著機器，約莫過了三分鐘，其中的一人才直起身子來道：「報告，膠囊已成功地附著在胃壁上了！」

「一號」興奮地揮著手，那兩個人推著X光機走了出去，「一號」和木蘭花握著手，道：「從現在起，我們是自己人了！」

等到吞下了毒藥之後，木蘭花反倒完全豁了出去，道：「對了，是自己人了，那麼我的條件也有改正一下的必要了。」

「請說，請說！」

「本來我是等電光衣運出之後才要報酬的，但是如今我先要一半。」

木蘭花在講這兩句話的時候，心中實在十分之難過。她只有十天的生命了，要一筆鉅款又有何用？但是她仁俠的本性卻是至死不渝，她知道這筆鉅款還是可以替很多人謀福利的，她自然不會放過這最後的行俠機會。

「可以，絕對可以，完全先付給你也可以。」

「不必，一半好了。」

「請跟我來。」「一號」轉身向外走去，木蘭花跟在他的後面，這時候，「一號」的心中對木蘭花再無任何懷疑了，因為木蘭花已吞下了那毒藥。像「一號」那樣殘忍、卑下的心靈，當然是無法想像木蘭花仁慈、偉人的心靈中所想的一切的，他絕想不到木蘭花竟會不顧自己的生命！

他們走下了一層樓，進入了一間房間之中。

那間房間十分之狹小，幾乎一進門，就是一堵牆，「一號」自衣袋中取出了一具小型的無線電控制儀來，在經過了一連串複雜的操縱之後，前面的一幅牆，慢慢地向上升了起來。

那幅牆大約升起了兩呎左右就停止了。

「一號」伸手說道：「請，我們必須爬進去。」

木蘭花將身子伏在地上，俯伏著從那兩呎來高的縫隙中爬了進去，「一號」跟在她的後面，那幅牆的後面，竟是一間密室。

那是真正的密室，密不通風，但佈置得相當華麗，最觸目的是在屋子的一角，放著一個巨大的保險箱，木蘭花一看，便看出要打開這樣的保險箱，即使是經驗最老到的老手，也至少要一個小時，有什麼東西放在這保險箱中，自然是十分安穩的。

那件電光衣，自然是在這保險箱之中了！

如果木蘭花看到那電光衣是從一個可以輕而易舉取到的地方拿出來，那麼她一定會後悔自己採取了吞服藥丸這一條絕路的了。

但如今，她絲毫沒有後悔了，因為她要打開那一道由無線電控制升起的牆，已是不可能的事情了，更何況還要打開這保險箱來，而她也根本沒有機會去通知高翔！

她後悔的是，自己沒有在進入這屋子之前先和高翔聯絡一下，吩咐高翔帶人來包圍這幢屋子，那麼，她就可以不必吞食那毒藥了。

她之所以事先不通知高翔，多少和她對安全署長心中有芥蒂有關，也是為了覺得高翔處在自己和安全署長之間而感到尷尬，當然，事情發展到如今的地步，那是任誰在事先也不能料到的。

「一號」在經過十分鐘之後，打開了那保險箱，他首先在保險箱中，取出了一隻手提箱來，一看到那手提箱，木蘭花便忍不住苦笑！

那正是裝電光衣的手提箱！幾天之前，她將這箱子輕易地交給了假冒的石少明，如今，她要付出性命作為代價，將它從「一號」的手中取回來！

「一號」先將那箱子交到了木蘭花的手中，木蘭花將箱子打了開來，的確，箱子中所放的，就是科學家石少明發明的電光衣。她又蓋上了箱子蓋。

「一號」又自保險箱中取出了大量現鈔，放在另一隻小皮箱之中，也交給了木蘭花，然後道：「你的目的地是P城，在P城機場就會有人和你接頭，那人的左額角上有一粒紅色的痣，他會將另一半現鈔和那種瀉劑交給你的。」

木蘭花點了點頭，提起了電光衣，道：「你放心了？」

「一號」呵呵地笑了起來，道：「當然放心了，如果你願意用你自己的生命來換電光衣的話，那我自然算是失敗了。」

木蘭花也「哈哈」地笑了起來。

木蘭花和「一號」一面笑著，一面又爬出了那間密室，「一號」道：「小心些，如果你失手了，我們是不會同情你的。」

木蘭花一手提著電光衣，一手提著一箱現鈔，她並沒有再說什麼，就緩緩地走向門口，「一號」站在她的背後，直等到她走到了對街。

出了這幢屋子，木蘭花感到自己像是從地獄之中走了出來一樣，她總算出了地獄，但是她卻無法不在十天之後死亡！

木蘭花苦笑了一下，她慢慢地開步走去，她的腦中亂成一片。她已經得到了電光衣，可是她卻得不到勝利的喜悅。

她走得十分緩慢，但是她卻是向著警署走去。

當她到達警署門口的時候，一輛汽車恰好在她的身邊駛過，而當那輛車子一經過她身邊之後，便突然地停了下來。

「蘭花！」方局長在車中探出頭來，叫著。

而坐在方局長身邊的安全署長卻轉過頭去，裝做沒看見木蘭花的樣子。

木蘭花陡地一呆，但是她立即恢復了鎮定，道：「方局長，我已將那件電光衣找回來了。」

方局長呆了一呆，在他還不知道怎樣回答之際，安全署長已然冷笑了一聲，道：「那麼容易？在什麼地方啊。」

安全署長這樣講，分明是以為木蘭花「電光衣已找回來了」這句話是信口開河的，而他這樣講，也全然是為了諷刺木蘭花。

木蘭花也不去和他爭辯，更不去反諷刺他，只是淡然地一笑，同時舉起了手中的箱子，道：「在這裡，方局長，你看。」

木蘭花將箱子的蓋子打開，安全署長的眼睛睜得比核桃還大，失聲道：「是真的，蘭花小姐，你真的將電光衣取回來了！」

木蘭花並沒有回答他，只是「啪」地一聲將箱蓋蓋上，道：「方局長，我將這件電光衣取回來了，但是敵人一定仍然會千方百計地要將它奪回去的，我看還是立即將之銷毀的好。」

「這個——」安全署長搶著道：「還要請示最高當局。」

「不必了，我想我應該有權決定這件事。」

「你有權？木蘭花小姐，你只不過是一個平民——」

「是的，我只不過是一個平民，」木蘭花說的話沉緩而有力，「但是，這件電光衣，卻是我用了極大的代價取來的，我花這樣大的代價，就是不願意看到它危害人類，所以我必須親眼看到它被銷毀，為了安全起見，必須立即進行。」

「我認為木蘭花的說法有理！」方局長堅決地說。

「好吧，我們立即將它進行銷毀。」安全署長終於同意了，木蘭花登上車子，車子駛進了警署，高翔立即迎了出來。

木蘭花的出現，令得高翔也大感意外，但是當他知道木蘭花已取到了電光衣之後，他的高興是難以形容的，他立即吩咐手下，佈置一個小型的爆炸裝置。

木蘭花一直緊緊地提著那件放置電光衣的箱子，正如她所說，這是她花了極大的代價換來的，她不能讓它再留在世上。

就在木蘭花要親手將電光衣放進爆炸裝置中的一剎那，電話鈴響了，高翔拿起電話，交給了木蘭花，木蘭花還沒有出聲，便聽到「一號」的聲音：「木蘭花，你在搗什麼鬼？」

「你別管我。」

「木蘭花，我警告你，你——」

木蘭花不再去聽電話，她放下電話，將手提箱交給了高翔，道：「高翔，你去將這件電光衣放好，我來按動按鈕。」

高翔、方局長和安全署長，都看出木蘭花的神態大是有異。

高翔接過了手提箱，道：「蘭花，你沒有什麼事麼？」

「我？」木蘭花揚了揚眉毛，「我很好，你快去！」

高翔走出了十來碼，將電光衣放在一排炸藥之上，然後迅速地後退，木蘭花按下了炸藥控制的按鈕，一聲轟然巨響，炸藥爆炸了！

當炸藥爆炸的聲響漸漸靜下去之際，那只手提箱和手提箱中的電光衣幾乎連痕跡也找不到了！

方局長喟嘆了一聲，道：「石少明發明的東西已完全毀去了，或許若干年後，又有人會有同樣的發明，唉，我們總算已盡了我們的力量了！」

「我們總算已盡了我們的力量了！」木蘭花喃喃地說著，轉過身，向外走去，她並沒有發現高翔一直跟在她的後面，直到了大門口，她才覺察到這一點。

木蘭花突然感到自己異乎尋常地軟弱，她幾乎連再維持站立的能力都沒有了！她的身子不由自主地向高翔的身上靠去。

高翔連忙將她扶住，再一次地問：「蘭花，你沒有事嗎？」

「沒有。」木蘭花心中苦笑著，自己只有十天性命的事，又何必講給高翔聽呢，講給他聽，不是令他更難過嗎？

「沒有什麼事，高翔，陪我回家去。」

這是木蘭花第一次以這樣的語氣要高翔做這樣的事，那正是高翔不知盼望了多麼久，希望它會發生的一件事！

但是如今，這樣的事發生了，高翔卻一點也不覺得高興。因為儘管木蘭花一再否認，但是高翔卻可以肯定，木蘭花的心中有著重大的心事。

可是，高翔卻不明白，何以電光衣已取回來了，木蘭花還會有這樣怪異的舉止呢？他疑惑不解，道：「好的，蘭花，我送你回去。」

他們默默地向前走著，誰也不提議坐車，誰也不開口，可是，他們兩人的手卻在不知不覺中緊緊地握在一起了。

高翔的心中充滿了疑惑，然而，他卻陶醉在和木蘭花一起的默默共步之中，而沒有再進一步去想一想究竟是什麼事在困擾著木蘭花。

在他們終於到達木蘭花家門口的時候，已經是天亮時分了，他們兩人竟步行了一夜，才走到家的。

他們才一進門，穆秀珍已跳了出來，嚷道：「見鬼麼，你們兩人是走回來的啊。」

高翔掠了掠頭髮，他的頭髮因為露水而潮濕，他笑著道：「真的，我們是慢慢地走到這裡來的。」

「哼，你們可真夠有情調了，可憐我知道你們離開了警署，一直在等你們回來，可等苦了，蘭花姐，你是怎樣得回那件電光衣的？」

「是啊，蘭花，你是怎麼得回電光衣的？」

「秀珍，高翔，我們再也不提電光衣的事好不好？」

高翔和穆秀珍兩人都呆了一呆，不知道木蘭花何以不肯將得回電光衣的經過向他們講一講，一時之間，他們不知該怎樣說才好。

木蘭花慢慢地走到窗前，曙光初現之下的田野顯得十分朦朧，有一股難以形容的神秘美，她呆了一會，才道：「你們總會知道的，何必心急？」

她的心中苦笑著：是的，你們遲早會知道的，只不過十天的工夫而已，你們何必早知道呢？十天之後知道不是更好麼？

木蘭花突然發出了一陣無可奈何的笑聲，道：「事情完了，高翔，你也該回去休息了。」

高翔想講什麼，但是他卻終於沒有講出來，而是順從地道：「好，再見了！」

「再見了！」木蘭花心中道，她眼看著高翔迎著朝陽走了出去，木蘭花的眼睛不由自主地濕潤起來！

請續看《木蘭花傳奇》9 替身

倪匡奇情作品集

木蘭花傳奇8透明人（含：殺人獎金、死亡約定）

作　者：倪匡
發行人：陳曉林
出版所：風雲時代出版股份有限公司
地址：10576台北市民生東路五段178號7樓之3
電話：(02) 2756-0949
傳真：(02) 2765-3799
執行主編：朱墨菲
美術設計：許惠芳
業務總監：張瑋鳳
出版日期：2023年9月
版權授權：倪匡
ISBN ：978-626-7303-69-6
風雲書網：http://www.eastbooks.com.tw
官方部落格：http://eastbooks.pixnet.net/blog
Facebook：http://www.facebook.com/h7560949
E-mail：h7560949@ms15.hinet.net
劃撥帳號：12043291
戶名：風雲時代出版股份有限公司

風雲發行所：33373桃園市龜山區公西村2鄰復興街304巷96號
電話：(03) 318-1378　　傳真：(03) 318-1378
法律顧問：永然法律事務所 李永然律師
　　　　　北辰著作權事務所 蕭雄淋律師

行政院新聞局局版台業字第3595號 營利事業統一編號22759935

定價：299元

國家圖書館出版品預行編目資料

透明人／倪匡 著. -- 臺北市：風雲時代出版股份有限公司,
2023.05, 面； 公分.（木蘭花傳奇；8）

ISBN : 978-626-7303-69-6（平裝）

857.7　　112003895